燕赵之声

——河北歌谣研究

张歆 著

本书为河北省普通高等学校科学研究项目青年拔尖人才项目「河北歌谣的资源转化及存续力研究」（BJS2023023）研究成果。

CFP 中国电影出版社

图书在版编目（CIP）数据

燕赵之声：河北歌谣研究 / 张歆著. -- 北京：中国电影出版社，2025. 6. — ISBN 978-7-106-05686-5

Ⅰ. I207.72

中国国家版本馆 CIP 数据核字第 2025PQ3487 号

责任编辑：张 霞
封面设计：马 娟
责任校对：滕 森
责任印制：孙 杉

出版发行 中国电影出版社（北京北三环东路22号） 邮编：100013
电话：64296664（总编室） 64216278（发行部）
64296742（读者服务部） E-mail：cfpbjb@126.com

经　　销 新华书店
印　　刷 北京建宏印刷有限公司
版　　次 2025年6月第1版
印　　次 2025年6月北京第1次印刷
开　　本 880mm × 1230mm 1/32
印　　张 8.5
字　　数 156千字
定　　价 58.00元

文学之兴，诗歌为先。歌谣之兴，远在文字发生以前。盖情性所至，自然流露。故有“天地始分，而人生焉，人莫不有心，此歌曲所以起也”的说法。从“杭育杭育”到发挥着“美刺讽喻”作用的“硕鼠硕鼠，无食我黍”，再到汉乐府、南北朝民歌、敦煌曲子词、明清时调等，歌谣诞生于人民的真挚感情中，是一种流动的“民族的诗”。

河北省地处华北平原，东临渤海，西依太行山，南屏漳河，北处燕山之阴，本就属于文化交汇之地；地形复杂，高原、山地和丘陵、平原均有分布。这种文化、地理条件也推动了民歌的形成及传播。近代以来，随着“到民间去”运动，一批反映民众生活的民歌也相继产生并流传，如20世纪20至30年代《放足周刊》《新民众》《新民》《歌谣》周刊等刊物刊载的《好不好》《太阳》《猫儿》《卖不得女儿》《人咬狗》《数花名》等歌谣。此外，还有唐山开滦煤矿流行的《窑工苦》《窑工十二月叹》《住锅伙》等，真实深刻地反映了煤矿工人的悲惨生活。中华人民共和国成立之后，河北出现了很多改编自民歌曲调、反映革命生活的歌谣，如《八路军小唱》《支前小调》《妇女解放歌》等。河北民歌体裁丰富，艺术特色鲜明，其高亢激越的曲调，崇文尚德的内容，任情适意的精神，颇有燕赵遗风。

一、高亢激越的曲调

河北民歌分为“山歌”“小调”“劳动号子”等体裁，其中“山歌”这一民歌样式主要流传于张家口地区张北至承德地区围场一线及西部的太行山东麓一带。由于地域相近，河北的“山歌”与内蒙古的“爬山调”、陕北的“信天游”在曲调上均有许多相似之处。人们在辛勤劳动之余，在茂密山林之中不经意间口中唱起的这些民歌承载着真实的情感体验与文化记忆，生动细致地描摹了河北人民的社会生活和心理状态。如“山歌”中常有“借物抒情”之手法，多为四小节构成一个乐句，两个结构近似的乐句构成一首完整的民歌，结构紧凑，曲调悠长，情感强烈；调式以徵、商为多，宫、羽居次。“小调”是河北地区流传最广的民歌体裁。由于内容与题材的广泛性，“小调”也呈现出多样性的特征，如根据风格可分为抒情小调、叙事小调、抒情叙事结合的小调；根据内容可分为节日小调、革命小调、爱情小调等。在曲调上，均较为明快、活泼，装饰音、拖腔、衬腔较多，擅长营造火热、炽烈的歌曲氛围，如《对花》《反对花》等。此外，河北的“小调”中还受到评戏、二人转、乐亭皮影和乐亭大鼓的影响，与以上几种民间文艺形式之间存在着极为深厚的渊源，这也造就了“小调”兼容并包的特征。如有些“小调”带有明显的说唱风格。以《小放牛》为例，演唱的内容为村姑向牧童问路，顽皮的牧童故意向村姑提出问题为难她，在一问一答之间，涉及“赵州桥”与河北的许多民间传说，生动诙谐，极具地方特色。

河北小调中出现最为频繁的曲式结构是在基本乐段后加上衬词连接句，且最后一个乐句多反复出现，如《献花》《三杯酒》等。除此之外，小调在词与曲的结合上，可谓不拘一格，变化多样，句数及字数均存在多种形式，以文意晓畅为主。在调式上，与“山歌”类似。

河北民歌在演唱中，易受地方戏曲的影响。如西北部张家口一带的“小调”则受当地民间小戏“东路二人台”影响颇深，演唱时的装饰音，由伴奏的笛子、扬琴、四胡等乐器增添，四块瓦或响板击打节奏，加上歌词中富有韵律的衬词，带给人们一种激越昂扬的感觉。再加上民间歌手吸收山歌和戏曲发声方法创造出的“假声”唱法，使小调在演唱中情感表现得更为直接。

二、崇文尚德的内容

河北民歌扎根“燕赵文化”，其豪迈、苍凉之美深深地融汇其中，颇有慷慨悲歌的燕赵之遗风，其内容大致可以分为：表现人们日常生活中的爱情、友情、亲情的可贵；书写革命记忆，展现河北人民坚韧顽强的品格；传唱历史人物，赞颂其高尚情操。

如，流传在黄骅的新民歌《共产党恩如山》采用“渔鼓”曲调，讲述黄骅人民如何在共产党的带领下“驱走（这）穷魔苦（哇）换（呐）甜”，“碱地（这）变成米（呀）粮（呃）川”。“渔鼓”因其每段是三句，又被称为三句弯子调，相传是渔民从南方带来，已有一百多年历史。其演唱形式为一人扮青衣，七八人伴唱击渔鼓，打筒板。而《劝懒汉》《开会歌》《上冬学》《抓兵》《丈夫参军》《歌唱白求恩》《战斗歌》《陈庄战斗》《拿水柳庄》《拉洋片》《反扫荡》《埋地雷》《纪念“九一八”》《民国三十二年》《张二嫂放哨》等歌曲反映了革命历史时期的生活，《周总理来到隆尧县》《节振国真英勇》《景廷宾起义》《歌唱白求恩》《李玉兰劝夫参军》等民歌赞扬了革命人物的英勇无畏及革命年代人民的自强不息和艰苦奋斗的精神。

再如，流传在景县的《捡棉花》“年年（啦）都有个七月儿二十八呀（呼儿咳呀呼咳呀），姐妹（哪）二人（哪可这）

商量着捡棉花啦”，流传在宽城的《都山小调》“都山高又高，长河水长流，都山云雾闷悠悠，穷人辈辈愁”，流传在永清的《穷人泪》中的“浑河水长流”“千里不到头”等民歌以特有的内容及演唱形式，在经济、生活、风俗习尚、宗教、艺术、心理意识等层面形象地展示了河北地区的历史进程和精神风貌。如《跑关东》《回关南》《水刮张家口》《淹没天》《纺花歌》《棉花籽歌》中所描述的浑河、张家口、都山等地域景观和捡棉花、拉纤、绣灯笼等劳动场景，形成了河北民歌中特有的审美意趣。

三、任情适意的精神

河北民歌中饱含了最富于情感的“由衷之言”，如爱情、亲情、友情、军民鱼水情、怀乡之情、别离之情、感激之情，等等。这些情感在河北民歌独特的曲调及结构之下，呈现出浪漫主义的写意风格。

如流传在沽源的《绣花鞋》中描绘小妹妹穿上绣好的花鞋去找情郎哥哥“把年拜”“玩耍来”“挖甜菜”“洗衣裳”“锄莜麦”“耧小麦”等。最后以“哥（呀）哥（哥儿）呀！哎！妹（呀）妹（子儿）呀！你是奴家的好（好好好好）乖（呀）乖呀（嗯哎哎嗨哎嗨哎嗨哟）”收尾，小妹妹对情郎哥哥的爱慕之情溢于言表，直抒胸臆。流传于赵县的《画扇面》则描述了天津杨柳青中一位名叫“白俊英”的女子在丈夫南下之后，独坐家中绘制丹青的故事。歌曲虽无一字写别情，但女子的青春空耗的愁绪与哀怨在字里行间显露无遗，引人唏嘘。再如流传于张北的《采茶歌》：

深沟担水上南山，一对子鸳鸯一对子鹅，上看鸳鸯下看鹅（哎咳哎咳哟），有一担子清水洒满坡（呀呀呼儿咳呀呀呼儿咳）。

洒湿罗裙高搭起，洒湿绣鞋手中提，过路的君子莫笑我（哎咳哎咳哟），我给你唱一个采茶的歌（呀呀呼儿咳呀呀呼儿咳）。

歌曲塑造了一个淳朴、娇憨、颇带几分豪爽的采茶女形象。她挑着担子，一路上走走停停，在看到成双成对的“一对子鸳鸯”“一对子鹅”的时候，不由得触动了她青春的欲念，一时泼洒了清水，但她不以为意，将罗裙“搭起”，提起绣鞋，笑嘻嘻地往回走。即使是路上的行人笑话她的打扮，她也不羞不恼，以嘹亮的山歌回应。寥寥几句，则使地域风貌和民众的音容笑貌跃然于纸上。

此外，还有展现军民鱼水深情的民歌，如流传在冀中的《献花》中的“正月里来什么花（得儿）来？正月里开的是迎春花，迎春花开为的谁们戴？子弟兵英雄戴起来……”；流传在元氏的《喜笑脸》中的“抗战以来到今天，才（嘛）显出这幅喜笑脸，八路军来到咱家乡啊，人人呀都有了吃和穿

（哎咳哎咳哟咳哟），人人呀都有了吃和穿”。再如，流传在定县的《唱唱咱公社的好光景》及流传在张北、盐山的《四季歌》等民歌歌颂了党和群众之间的血脉深情。河北民歌因其高亢激越的曲调、崇文尚德的内容及任情适意的精神，具有重要的史料、文化及情感价值，不仅描绘了河北人民的日常生活，还使人们通过传唱，感受到河北独特的地域特征与文化品格。

河北歌谣总体呈现出多民族、多地域、多类型的特征。如《朵朵葵花向太阳》中的“共产党好比是红太阳，蒙古族人民离不开共产党”等民歌旋律，在表达情感的同时又带有鲜明的地域特色，总体呈现出一种雅俗共赏的艺术气质。其作为一种文化资源在创造性转化与创新性发展的过程中，维系了民众的地域认同与文化认同。

目录

Contents

第一章
河北歌谣搜集整理之回顾

所谓“天地始分，而人生焉，人莫不有心，此歌曲所以起也”[①]。从《诗经·国风》、汉乐府、南北朝民歌、敦煌曲子词到明清时调乃至当代歌谣，歌谣作为时代的声音和叙事表达，是不同时代民众生活方式、生活态度、生活情感及价值观的记录。歌谣作为中华优秀传统文化的有机组成部分，从不同向度和维度展示了各民族交往、交流、交融的丰富历史，歌谣中蕴含着中华民族共有的历史记忆，烙刻着中华民族共同的文化基因，是文化认同的具体表现形式，是对中华民族共同体意识的凝练表达。

19 世纪中后期，在“文明等级论”的影响下，持变革观念者开始对中国既有之文化资源进行重估，借“民间”文艺资源以应对国内渐趋兴起的民族主义思潮，希冀将它们改造

① [宋]王灼：《碧鸡漫志》（卷一），中华书局，1991，第 1 页。

为唤醒民族精神的"催化剂"。1905年2月创刊的《直隶白话报》"歌谣"栏目刊载署名为"亚东瘦侠"的《里巷心声集》，收录"劝十声""述怀""爱国歌""从军谚""送郎游学""道情"等，"劝十声"序中谈及："我常言道，音乐一门，是天地的声韵，最能变人气质的。人人如肯把一些爱国爱人的歌无事随便唱唱，也就算无形无影之间，添了一个全国的学堂。"[①] 这种运用民间文艺形式宣传新思想的主张，推动了知识阶层的自我觉醒与社会动员，"以一种世界革命的新视野，从事'社会与文化'的制度性变革"[②]。

20世纪10年代中后期，受俄国早期民粹派"到民间去"[③] 运动的启发，李大钊提出了知识分子"到民间去"的具体规划。[④]"到民间去"一时之间成为知识分子解决自身与民

---

① 亚东瘦侠：《歌谣：里巷心声集》，《直隶白话报》1905年第2期。

② 陈建华：《戊戌变法与世界革命风云——康有为与今文经学"革命"的困境》，《中国近代史（人大复印）》2019年第2期。

③ 根据笔者能够查阅到的资料，应为周作人在《读武者小路君所作〈一个青年的梦〉》中首次将"V Narod"译为"到民间去"，参见周作人：《读武者小路君所作〈一个青年的梦〉》，《新青年》1918年第5期。

④ 1919年2月20日—23日，李大钊在《晨报》上发表《青年与农村》，提出中国新青年的使命需要通过弥合知识分子与劳工群众之间的断裂，即"到民间去""到农村去"。李大钊：《青年与农村》，《晨报》1919年2月20日—23日。

众之间“隔膜”的“有效途径”。这一时期，围绕“歌谣、神话与传说、谜语、童话”的研究更多趋向于用两种方式处理：一方面侧重感情的普遍及真挚，一方面则出于学术目的，从民间文学中去考见“国民的思想，风俗与迷信等”①。

一、歌谣运动、“看见她”与“歌谣中的河北民间社会”

1918年，《北京大学征集全国近世歌谣简章》的发布及学人对民间歌谣的“征集”，为新文化运动提供了“文化与政治资源”。歌谣运动“集中凸显了官方、学界、民间的关联和互动，体现了中国学术现代进程中学术话语与政治话语相互影响、渗透的特点”②。《北京大学日刊》1919年第320期载《本校琐闻　直隶送来歌谣等件》：

> 前本校函致各省长公署请其行知教育厅转行各县教育机关，代为征集近世歌谣……设法调查儿童道德意识，现直隶教育厅回函，送到正定深泽两县

---

① 袁先欣：《“到民间去”与文学再造：周作人汉译石川啄木〈无结果的议论之后〉前后》，《中国现代文学研究丛刊》2017年第4期。

② 徐新建：《官方参与与国家行为——民国早期“歌谣运动”中的学、政关系》，《民族艺术研究》2006年第3期。

近世歌谣，及沧县、河间、肃宁、迁安、新镇、束鹿、正定、获鹿、行唐、灵寿、无极、饶阳、大名、南乐、永年、邯郸、延庆等县之儿童道德意识调查表多份。

歌谣作为启迪民智、铸造新民的民间文艺样式，与“民间”有着千丝万缕的关系。据沈知白《中国近世歌谣叙录》载，歌谣的范围，有两种说法：一是以徒歌为限，一是兼包徒歌与乐歌。中国对歌谣概念的界定，处于一个变迁的过程：

先是取其可歌：《诗经》里有一部分本是歌谣，最初便是因它们的音乐而保存的；郭茂倩《乐府诗集》里一部分由歌谣变成的。乐府，最初也是这样保存着的。次是取其体辞；徐陵《玉台新咏》里收了许多本是歌谣的乐府，便是为此。又次是取其为古诗，《乐府诗集》及杨慎《古今风谣》，杜文澜《古谣谚》，都参用这个标准。这是一个历时最久，传布最广的歌谣观：歌谣是风诗，是“古诗之一体”。……风诗与“古诗之一体”这两个观念很是不同。风诗以生于民间为原则，必须是行于民间的；又是以声为用的，不重在义。说是“古诗之一体”便不如是。声已失传才变而重义，这是一。单纯的个人作品与民间流传之作品相混，这是二。[1]

在歌谣运动的影响下，“今人视国风为诗界至宝，而以民间歌谣为真文学，多注意于搜集，此诚美举也，其所搜集已散见于报章杂志者，不可胜数”[2]。关于歌谣研究的诸多讨论也见诸报端。

1922 年 12 月 17 日常惠在《歌谣》周刊创刊号上发表《对于投稿诸君进一解》一文，将韦大列、何德兰、刘经菴、胡适、沈兼士及他本人采录的多种版本的“隔着竹帘看见他”进行比较研究：意大利男爵韦大列（Guido Vitale）在《北京歌谣》(1986）收录“沙土地儿跑白马，一跑跑到丈人家。大舅儿望里让，小舅儿望里拉。隔着竹帘儿看见他，——银盘大脸，黑头发，月白缎子棉袄，银疙瘩”，歌谣对“沙土地儿”“丈人”“大舅儿”“小舅儿”“银盘大脸”“月白”“疙瘩”等词均做了注释，翻译附后[3]。美国传教士何德兰（Isaac

---

① 知白（沈知白）：《中国近世歌谣叙录》，《大公报》1929 年 4 月 29 日，第 15 版。

② 胡怀琛：《采访民间歌谣之管见》，《国学周刊》1924 年第 53 期。

③ 值得一提的是，韦大列和何德兰对此歌谣的翻译差别很大，这在一定意义上是译者的立场所决定的，韦大列认为“搜集的工作后就接着解释和翻译的工作，那也是不大容易的。他们那里的人念这些字的时候总不能于疑难之点使我明了”。［韦大列：《〈北京的歌谣〉序》，（转下页）

Taylor Headland）辑录的《孺子歌图》（1900）中收录“爬草根，两头分，路中来了小学生，骑花马拜丈人。丈人丈母不在家，推开门来看见他：粉红脸赛桃花，小小脚一拗挓，樱桃小口糯米银牙”[①]。刘经菴在《河北歌谣集》中收录“……隔玻璃看见小奴家：黑顶顶的黑头发，得愣愣的大爬角，白生生小脸搽官粉。双蓝布衫缀边子，高底鞋扎的五彩花，看了一人也不差……”此外还有胡适“送来”的安徽绩溪的“风吹帘幕瞧着他”、沈兼士想起的江西丰城的“掀开门帘看见他”、江苏镇江的“推开门来看见他”等，据此，常惠认为“这可以供给研究国语的人一点材料。从一首歌谣脱出十几首来，地方到占了八九省，几乎传遍了国中。但是各有各的说法，即便相隔很近的地方，说法也都不同；很有研究的

（接上页）常悲译，《歌谣》20号，1923年5月27日］何德兰自述他和韦大列的区别时说：“他所完成的就是我们开始做的，只是他的是直译，注释丰富，而我们只打算做韵律翻译。他的著作是汉学文献的宝贵贡献；而我们只打算做从北京来的，而不是从波士顿来的鹅妈妈。”“我们已尽力再现原文的意义；这并不总是一件容易的事。需要明白的是这些儿歌就押韵而言并不能称得上具有文学规律性，因为原文的汉语儿歌和我们自己的‘鹅妈妈’童谣都不是有规律的。我们的愿望是让译文充分地忠实于原文，并能博得英语儿童的喜爱。”（转引自崔若男：《近代西方人中国儿歌翻译话语研究》，《民间文化论坛》2022年第5期）。

① 周建设主编：《一岁货声 孺子歌图》，首都师范大学出版社，2015，第202页。

价值”。

表 1-1 《北京歌谣》与《孺子歌图》“隔着竹帘儿看见他”译文比较

《北京歌谣》	《孺子歌图》
On the sandy plain—gallops a white horse—galloping gets to the(horseman's)future father-in-law's house —his elder brother-in-law invites him to come in—his younger brother-in-law pulls him in—through the bamboo-curtain he has seen her—her large face as white as a silver-tray and her black hair —and her cotton overcoat of light azure colour with silver buttons.	THE LITTLE STUDENT While raking the hay on the mountain, A student came riding along, He was riding a dapple-gray pony, And singing a scrap of a song. To the home of his bride he was going, but her father and mother were out, And he saw, as he pushed the door open, the girl he was thinking about. Her cheeks were as pink as a rose-bud, Her teeth were as white as a pearl, Her lips were as red as a cherry, Most truly a beautiful girl.

从译文的版式、内容，作者的译法、表达的情感来看，两篇译文的差别十分明显。首先，韦大列的译文采用横向排版模式，且与中文歌谣一样无题目。每句之间以“—”作为分割，较少使用标点符号。何德兰的译文采用诗行的形式，按照中文断句进行句读。其次，从韵律上来看，韦大列的译文采用直译，基本没有韵脚，译文忠实原文，逐字对译。何德兰的译文则十分押韵。最后，何德兰在译文中为了追求押

韵，改变了歌谣的内容。[1]如“骑花马拜丈人”一句翻译后增加了“And singing a scrap of a song”一句，使韵脚贴合“pony”。此外，在描述女孩子的面颊、牙齿、嘴唇后，最后加上感叹其美貌的“Most truly a beautiful girl”。

同年，胡适署名“Q”在《努力周报》发表《歌谣的比较的研究法的一个例》一文，其中谈道：

> 研究歌谣，有一个很有趣的法子，就是“比较的研究法”。有许多歌谣是大同小异的，大同的地方是他们的本旨，在文学的术语上叫做“母题（motif）”。小异的地方是随时随地添上的枝叶细节。往往有一个“母题”，从北方直传到南方，从江苏直传到四川，随地加上许多“本地风光”；变到末了，几乎句句变了，字字变了，然而我们试把这些歌谣比较着看，剥去枝叶，仍旧可以看出他们原来同出一个“母题”。这种研究法，叫做“比较研究法”。

胡适在文中提到歌谣“看见他”，“这首歌是全中国都有的；我们若去搜集，至少可得一两百种大同小异的歌谣：他们的‘母题’是‘到丈人家里，看见了未婚的妻子’。此外

---

① 崔若男：《近代西方人中国儿歌翻译话语研究》，《民间文化论坛》2022 年第 5 期。

都是枝节了”[①]。1924年，董作宾受胡适研究的影响，梳理北大歌谣研究会征集到的一万多首歌谣，翻捡出四十五首同母题的“看见她”[②]歌谣，在“风俗”一部分，谈及河北歌谣中的“理想美人”装束为“头发黑定定的，梳个得楞楞的大爬角；小脸白生生的擦着官粉；朴朴素素穿着一身蓝双布的衣裳，布衫上缀着边子，布裤上印着银花，足下穿的，是一双扎五彩花的高底鞋儿”[③]。董作宾谈到这首歌谣时认为：“叙述女子妆束和容貌的美丽，是‘看见她’一段的精彩处……其实可以说是该地方女子衣饰容貌的一个具体写真，也可以说是民俗文学家理想中的美人。”[④]京津冀一带的《看见她》歌谣从头到脚描述了理想美人的具体形貌，如《歌谣》周刊1936年第25期、32期分别刊载歌谣《看见她》：一则为程筱冰记录——“真葫芦真，假葫芦假，蹦了鞭，跑了马，一跑跑到丈人家。大舅看见拽，二舅看见拉。一拉拉到楼底下，太师

① 常惠：《对于投稿和诸君进一解》，《歌谣》周刊1922年第1期。

② 1920年，刘半农在《时事新报》“学灯”副刊上，首先撰文《“她”字问题》，并于数月后发表新诗《教我如何不想她》，其后，“她”字开始大量使用。

③ 董作宾：《一首歌谣整理研究的尝试（未完）》，《歌谣》周刊1924年第63期。

④ 同上。

椅子你坐下。油漆桌，搌布抹，八个盘，齐放下，撩开门帘看见她，通红的嘴唇白光的牙，油黑的头发一大掐”；一则为周孝铨记录——“太阳出来一点红，师父骑马我骑龙。师父骑马前头走，我骑青龙过海东。海东有我丈人家，大舅子出来往里让，小舅子出来往里拉，大舅子斟上一杯酒，小舅子斟上一杯茶。一杯清茶没喝了，隔着竹子帘儿看见她：银盘大脸黑头发，红头绳，压根扎，红绸子袄，金疙瘩，绿绸子裤续棉花，红缎子小鞋牡丹花，多咱娶到咱们家”。总体来看，发黑、脸白、脚小，是 1920 年前后直隶美人的三大标志性特征。

学者施爱东在研究中将《看见她》换成旗人传播的视角，将“传播”的观点更换为“布局”的观点：“从这首歌谣的分布，可以大致了解清代旗兵布防的格局。”歌谣中对女孩衣着的描绘，满族或旗人的特征尤其明显，如“高底鞋”“红缎子小鞋牡丹花”等，是典型的满族女鞋样式；“红头绳”“大爬角”等是具有满族特色的少女装束。《歌谣》周刊第 13 号（1923 年 4 月 8 日）刊登臧玉海搜集的《姑娘吊孝二首》，为《看见她》异文，歌谣的搜集地一首为“通行完县（今顺平县）城北”，一首为“通行完县城西”。据施爱东考证：

> 当时的完县（今河北省顺平县）城北就是旗人的主要聚居地。自清兵入关以后，大量旗人迁居、驻防直隶，过去完县城关北郊的南腰山村、阳各庄，

以及城关东郊的显阳村一带，都是“旗租地”，直
到1928年才由政府统一征收，称为“绝旗租”。[①]

1939年，燕京大学研究院法科研究所社会学系的学生杜含英的学士毕业论文《歌谣中的河北民间社会》采取文本研究的方式，以清末到当时论文写作时间为研究时段，“对雪如女士的《北平歌谣》正续两集、定县平教会平民文学部编《歌谣选》、北大出版《歌谣》周刊自四十九至九十六号为研究资料，进行较为全面系统的研究和分析，探究作为民间产物的歌谣是如何刻画包括都市下层阶级和广大乡村民的民间生活”。论文的第二章，以歌谣所反映的家庭生活为分析单位，认为家庭生活是特定历史时段社会生活的直观反映，论文“不仅对家庭横向轴心夫妻关系中的夫妻间日常行为进行详尽描述，从歌谣的文本刻画中凝练出夫妻间的相爱互动、经济互动，以及相处模式；也细致研究了作为纵向轴心的亲子关系，具体包括母女关系、父女关系、母子关系和父子关系”[②]。

杜含英在“绪论”中谈到此篇论文是由社会学的观点出

---

① 施爱东：《看见她，歌谣中的理想美人——董作宾歌谣研究的百年对话》，《学术研究》2022年第6期。

② 杜含英：《歌谣中的河北民间社会》，http://www.shehui.pku.edu.cn/second/index.aspx?nodeid=2027&page=ContentPage&contentid=10464。访问日期：2024/07/14。

发，“用歌谣为题材，加以社会学的解释，再佐以实际社会情形，从而窥探民间社会生活”。杜含英在论文中引述英国民俗学者班思（C.S.Bume）的话：“歌谣是一种方面繁多而无隙不入的人类表情的方式”。她认为这句话并不过分，“歌谣是民间知识经验的蕴藏库，是民间发泄其喜乐哀怒等情绪的方式，它含有民间的玄想和希求”。她认为，站在社会学的立场上，应用这些材料时，不能不以审慎的态度，详细检别，再证以实际事实，“这是社会学者和文艺学者，对歌谣研究态度的不同处”。

表 1–2 《歌谣》周刊刊载河北歌谣（1936 年复刊）

题目	内容	记录者
第 2 卷第 2 期（1936 年 4 月 11 日）		
《瞎子狠》	瞎子狠， 瘸子刁， 麻子杀人不用刀。	卢逮曾
《小桃树》	小桃树，弯弯枝， 上边有个小闺女， 想吃桃，桃有毛， 想吃杏，杏又酸， 想吃莎果栗子面甜甜。	
《新媳妇》	小竹鞭，摇三摇， 新娶的媳妇甚难熬！ 走的快了嫌我荒唐； 走的慢了嫌我死样。 吃的多喽嫌我逞强， 吃的少喽嫌俺想娘。	石显曾

续表

题目	内容	记录者
	今也想，明也想， 一想想到病床上。 小相公，下学来， 哭一声妻，叫一声妻： “什么事苦杀你？ 大衣裳叫裁房， 小衣裳是俺娘， 什么事累在你病床上！”	
《葫芦巴尖》	葫芦巴尖，三道湾， 他妈嫁了一个知县官。 吃好的，喝好的， 他妈嫁了一个修脚的。 修脚的，怪臭的， 他妈嫁了一个卖肉的。 卖肉的，怪香的， 他妈嫁了一个卖姜的。 卖姜的，怪辣的， 他妈嫁了一个算卦的。 算卦的，没有眼， 他妈嫁了一个鞭子竿。 鞭子竿，没有头， 他妈嫁了一个孙猴。 孙猴爱放火， 他妈就嫁了我。	江绍原
第2卷第3期（1936年4月18日）		
《河北儿歌》 （一）	月亮爷，穿花鞋。 谁作的？娘作的。 提起娘来怪臭的。	杨向奎

续表

题目	内容	记录者
《河北儿歌》 （二）	月亮爷，本姓张。 骑着马，扛着枪， 大马拴在摇钱树， 小马拴在庙儿门上。 庙门儿对庙门儿， 花盆儿对花盆儿， 娶个媳妇俊煞人儿。	杨向奎
《河北儿歌》 （三）	谁来哩？爹来哩， 套着小车接来哩！ 快引火，快做饭。 小鸡打卤过水面， 爸爸吃，闺女看。 妈妈，妈妈，我穿啥衣裳？ 穿着鸭青花袖边。 妈妈，妈妈，我去几天？ 不过腊月二十三日。	
《河北儿歌》 （四）	洋取灯，嗡嗡嗡， 在我老家住一冬。 我姥姥搁我炕头上， 我妗子让我学营生。 大舅大舅你别瞅， 栗子开花我就走。	
《河北儿歌》 （五）	货郎，货郎，金子摇。 姑娘媳妇扒门瞧。 姑娘媳妇全买啥？ 买你大针纳好底， 买你小针绣蓉花。 姑娘姑娘还买啥？ 买你胭粉搽白脸，	

续表

题目	内容	记录者
	买你红色点嘴唇。 姑娘姑娘还买啥？ 买你七双八双小鞋面， 婆两双，公两双， 丈夫两双，我两双。	杨向奎
《河北儿歌》（六）	大麦节，小麦节。 里面住着花姐姐， 花姐姐，十几啦？ 十五哩！ 再等二年该娶哩！ 妈妈，妈妈，赔我啥？ 大绿柜，小绿柜， 赔你丫头十二对。 爸爸，爸爸，赔我啥？ 大绿箱，小绿箱， 赔你丫头十二双。 哥哥，哥哥，赔我啥？ 红荷包，绿穗子， 大烟袋，赔妹子。 嫂子，嫂子，赔我啥？ 破盆子，破罐子， 打发丫头寻汉子。	
第 2 卷第 5 期（1936 年 5 月 2 日）		
《小大姐》	小大姐，小二姐， 你拉风箱我打铁， 赚了钱，腰里掖， 买一蒲包儿瞧干爹。 干爹戴着红缨帽， 干妈穿着高底鞋，	郭椰叶

续表

题目	内容	记录者
	走一步，嘎蹬蹬， 毛蓝裤腿儿鸭蛋青。	
《小秃儿》	一个小秃儿上庙坛， 捡了一个秃大钱。 又买油，又买盐， 又娶媳妇又过年。	
《星星月亮》	星星，月亮， 叭叭狗儿上炕。 不想爹， 不想娘， 单想给媳妇儿抓痒痒。	王宗汉
《秃子得病》	大秃子得病， 二秃子荒， 三秃子请大夫， 四秃子熬姜汤， 五秃子抬， 六秃子埋， 七秃子由外哭进来。 八秃子说：你哭什么哩? 九秃子说：我家死了个秃乖乖。 十秃子说：快快走，快快抬！ 不怕秃葫芦子跑出来！	高安福
《小女儿》	小女儿，真风流， 长大了，会梳头。 一梳梳到麦子熟， 黄瓜下了架， 茄子打滴溜， 滴流滴，褡裢褡， 养活女孩做什么?	

续表

题目	内容	记录者
	梳油头，带大花， 招个女婿俏皮煞， 洋绉大衫青缎褂， 对子荷包扎杏花， 二人进屋对见面， 二人彼此对龇牙。	
第2卷第6期（1936年5月9日）		
《数花名》	说了一个一，道了一个一， 什么开花住在河里？ 这一朵的鲜花名儿瞒不了得——我来吧——呀咿哟！ 莲蓬开花住在河里，咿格呀儿哟。 说了一个二，道了一个二， 什么开花一根棍？ 这一朵的鲜花名儿瞒不了得——我来吧——呀咿哟！ 韭菜开花一根棍，咿格呀儿哟。 说了一个三，道了一个三， 什么开花赛过刀尖？ 这一朵的鲜花名儿瞒不了得——我来吧——呀咿哟！ 马兰开花赛过刀尖，咿格呀儿哟。 说了一个四，道了一个四， 什么开花一身刺？ 这一朵的鲜花名儿 瞒不了得——我来吧——呀咿哟！	寿生

续表

题目	内容	记录者
	黄瓜开花一身刺，咿格呀儿哟。 说了一个五，道了一个五， 什么开花一嘟噜？ 这一朵的鲜花名儿瞒不了得——我来吧——呀咿哟！ 萝卜开花一嘟噜，咿格呀儿哟。 说了一个六，道了一个六， 什么开花一身肉？ 这一朵的鲜花名儿瞒不了得——我来吧——呀咿哟！ 茄子开花一身肉，咿格呀儿哟。 说了一个七，道了一个七， 什么开花赛过羹匙？ 这一朵的鲜花名儿瞒不了得——我来吧——呀咿哟！ 玉椿棒儿开花赛过羹匙，咿格呀儿哟。 说了一个八，道了一个八， 什么开花赛过喇叭？ 这一朵的鲜花名儿瞒不了得——我来吧——呀咿哟！ 麒麟子开花赛过喇叭，咿格呀儿哟。 说了一个九，道了一个九， 什么开花赛过佛手？ 这一朵的鲜花名儿瞒不了得——我来吧——呀咿哟！	寿生

续表

题目	内容	记录者
	石榴开花赛过佛手，咿格呀儿哟。 …… ……	
《高粱树》	高粱树，高粱高， 高粱树上结樱桃， 说着说着官来了， 骑着板子拉着轿； 吹铜锣，打喇叭， 门楼拴在马底下。	李传禧
《老母爷》	老母爷，亮堂堂， 开开门，洗衣裳， 洗的白，浆的光。 明天给你买块糖。	
第 2 卷第 8 期（1936 年 5 月 23 日）		
《大柿子》	大柿子，长的红， 谁的女婿谁不疼？ 白水梨，挑街卖， 谁的女婿谁不爱！	孟植德
《要说九》	要说九，争说九， 前门接子九丈九。	
《人咬狗》	忽听门外人咬狗， 拿起门来开开手， 拾起狗来打砖头， 又被砖头咬了手。	
第 2 卷第 12 期（1936 年 6 月 20 日）		
《河北儿歌》（一）	鸡鸡翎，跑马城； 马城开，丫头小子送马来。	徐文珊
《河北儿歌》（二）	小秃子，上庙台， 拾个秃大钱，	

续表

题目	内容	记录者
	买个秃烧饼， 秃子吃，秃子看， 秃子打架秃子劝； 秃衙门，秃板子， 单打小秃子屁股眼子。	
《河北儿歌》 （三）	蝴蝶飞，我不追； 蝴蝶落，我不要。	
《河北儿歌》 （四）	小耗子儿，上缸沿， 拿小瓢儿，舀白面儿， 请干妈，吃顿饭儿， 烙薄饼，炒合菜儿， 不吃饱了不落筷儿， 吃饱了，就滚蛋儿。	
《河北儿歌》 （五）	小小子，坐门墩， 货郎过来买篾子儿， 刮虱子儿，勒虮子儿， 叽叽哇哇要媳妇儿。 要媳妇儿，干什么？ 做鞋做袜， 点灯说话。	徐文珊
《河北儿歌》 （六）	鹞鹰鹞鹰转三遭， 回来给你个小鸡叼。 叼不远，打三板； 叼不近，打三棍。	
《河北儿歌》 （七）	家走咧，家揭咧， 买个西瓜栽破咧， 瓤吃咧，籽儿嗑咧。	

续表

题目	内容	记录者
《河北儿歌》（八）	丫头妈，起来吧， 梳上头，戴上花。 羊肉包子醮卤虾， 不吃不吃还吃了二十三。	徐文珊
第 2 卷第 14 期（1936 年 9 月 5 日）		
《矮子》	矮子寸三高， 进阴沟，插鸡毛， 鹅黄蚕茧檐毡帽， 扇籬儿是灯草， 梨园檀板是棺材料。 重阳白菜错认了老芭蕉。	孙有莱
《张三》	张三有个弟弟， 长得真美妙， 一根头发没有， 好像秃麻勺。 李四有个妹妹， 长得更美妙， 一脸黄皮疙瘩， 好像枣切糕。 二人一齐跳舞， r，m，f，m，f，s， 一下摔了一跤， 切糕黏麻勺。	寿生
《月亮爷》	月亮爷，亮镗镗， 新买的小猪不吃糠。 新娶的媳妇不吃饭， 开开后门洗衣裳。 洗了个白，浆了个白，	二令

续表

题目	内容	记录者
	寻的这个女婿不成材。 又喝酒，又打牌， 黑间半夜还不来。	
第2卷第20期（1936年10月17日）		
《河北歌谣》 （一）	沙土地里跑白马， 一跑跑到丈人家。 丈人丈母不在家， 隔着竹帘看见她， 一句话没说就转回了家。	
《河北歌谣》 （二）	江边来了一只船， 一人掌舵一人牵。 问他走了有八千。 八千里，正是远， 狂风怪浪真危险。 多危险，也容易， 只要齐心和努力， 哪怕万里过不去。	王国栋
《河北歌谣》 （三）	满天雪，飞下来， 有个樵夫去打柴， 手也裂，脚也冻， 肩上的担儿又沉重， 我笑樵夫太贫苦， 樵夫回头向我言： “世上事，无贵贱， 讲道理，凭能干； 口口要吃良心饭， 便是一个英雄汉。”	

续表

题目	内容	记录者
《河北歌谣》（四）	小小子，哭声哀， 爹娘起来抱在怀， 哥嫂听见说声“哎”！	王国栋
《河北歌谣》（五）	小蚂蚱，土内生， 前腿爬，后腿蹬， 掌上翅，呜楞楞。	
《河北歌谣》（六）	杨柳树，绿荫多， 上头有个黄雀窝。 生了黄雀七八个， 一家大小真安乐！ 有个童子要胡糟， 上树就把黄雀掏， 跌下来，折了腰， 看你还是掏不掏？	
《河北歌谣》（七）	杨树叶儿哗啦啦， 小孩睡觉找妈妈； 乖乖宝宝你快睡， 老虎来了我打它。	
《河北歌谣》（八）	萤火虫，夜夜来， 爸爸买的西瓜来， 西瓜百斤重， 爸爸挑不动， 妈妈拿着木板菜刀来， 一刀一刀切的开， 哥哥弟弟都过来， 大家吃得心花开。	
《河北歌谣》（九）	天又冷，地又寒。愿住几天住几天。	

续表

<table>
<tr><th>题目</th><th>内容</th><th>记录者</th></tr>
<tr><td>《河北歌谣》（十）</td><td>大杨树叶，哗啦啦，婆婆死了我当家。</td><td rowspan="2">王国栋</td></tr>
<tr><td>《河北歌谣》（十一）</td><td>小老鼠，上谷穗，掉下来，没了气，大老鼠哭，小老鼠叫，一对蛤蟆来吊孝。咕啦呱的好热闹。</td></tr>
<tr><td colspan="3">第 2 卷第 24 期（1936 年 11 月 14 日）</td></tr>
<tr><td>《石榴树》</td><td>石榴树，叶叶尖，
小两口儿吃饭把门关；
苍蝇进来吃了半块米，
小两口儿追到五台山。
五台山上一座庙，
小两口儿跪下齐祷告；
磕了个头，算了个卦，
把这半块米舍了去吧！</td><td rowspan="3">傅志蠢</td></tr>
<tr><td>《井里的花》</td><td>井里的花，独一根，
一个媒婆来说亲。
谁家的女？
娘家的女！
当时说妥当时娶，
前面抬着花花轿，
后面抬着象牙床，
象牙床上公鸡叫，
吹吹打打好热闹！</td></tr>
<tr><td>《天上的星》</td><td>天上的星，十二行，
官家院里盖瓦房，
一间瓦房没盖起，
里头住着个绣花女，
绣花女，今年不娶过年娶，
大嫂子教着绣花鞋，</td></tr>
</table>

续表

题目	内容	记录者
	二嫂子教着裁剪衣， 三嫂子总是教着打公骂婆理。 不打公！不骂婆！ 不听你这三老婆！	
《苇子叶》	苇子叶，一铺笼， 谁给姐姐做陪送？ 我给姐姐做陪送！ 做的陪送一大箩。 谁给姐姐绣花鞋？ 我给姐姐绣花鞋！ 绣的花鞋腰儿高。 谁给姐姐抽荷包？ 我给姐姐抽荷包！ 抽的荷包穗头长。 谁给姐姐认干娘？ 我给姐姐认干娘！ 认的干娘道儿远。 谁给姐姐洗白脸？ 我给姐姐洗白脸！ 洗不净，擦不净， 要这妹子不中用！ 洗净咧，擦净咧， 要这妹子中用咧！	傅志蠢
《拜什么拜》	拜什么拜？拜箩圈， 大花袖儿绿罗衫， 绿罗衫上金金扣， 金金扣上一朵花， 摇摇摆摆到娘家， 娘家门上一壶酒，	

续表

<table>
<tr><th>题目</th><th>内容</th><th>记录者</th></tr>
<tr><td></td><td>什么酒？菊花酒！
你给我斟一盅，
我要喝一口。</td><td></td></tr>
<tr><td colspan="3">第 2 卷第 25 期（1936 年 11 月 21 日）</td></tr>
<tr><td>《小枣树》</td><td>小枣树，弯弯枝，
上头爬着个小白妮。
几时娶？腊八。
谁抬轿？蚂蚱。
谁吹笛？小蛐子。
谁暖炕？黄大娘。
谁吹灯？小莺莺。</td><td rowspan="4">程筱冰</td></tr>
<tr><td>《娘啊娘啊好狠心》</td><td>娘啊，娘啊，好狠心。
不该把你闺女卖到破张村。
屋又小，闷死人，
院又小，热死人，
半截过洞没有街门，
稀米汤，灌死人，
纺车轴子拧死人。</td></tr>
<tr><td>《小板凳》</td><td>小板凳，歪一歪，
板凳底下菊花开，
红荷包，绿烟袋，
拿起烟袋上口外，
口外一个桃花女，
今年不娶过年娶。</td></tr>
<tr><td>《葫芦蔓》</td><td>葫芦蔓，两边游，
开开后门摘石榴。
官看见，心中喜，
打个帖子就要娶。
十二个猪，十二个羊，</td></tr>
</table>

续表

题目	内容	记录者
	十二个白马摆四方。 头里抬着花花轿， 后头抬着象牙床。 两排子灯，两挂子炮， “噔咖”！好热闹。	
《看见她》	真葫芦真，假葫芦假， 蹦了鞭，跑了马， 一跑跑到丈人家。 大舅看见拽， 二舅看见拉。 一拉拉到楼底下， 太师椅子你坐下。 油漆桌，搌布抹， 八个盘，齐放下， 撩开门帘看见她， 通红的嘴唇白光的牙， 油黑的头发一大掐。	程筱冰
《荞麦皮》	荞麦皮，碾子轧。 谁和姐姐一般大? 我和姐姐一般大。 姐姐抱着一个好孩子， 咱就抱着一个土台子。 姐姐骑着一个大好马， 咱就骑着一个树柯杈。 姐姐带着一个好簪子， 咱就带着一个树尖子。 姐姐带着一个好坠子， 咱就带着一个麦穗子。	

续表

<table>
<tr><th>题目</th><th>内容</th><th>记录者</th></tr>
<tr><td>《小二姐》</td><td>小二姐，搂豆叶，
一搂搂了个小甜瓜，
拿到家里哄娃娃，
哄的娃娃睁开眼，
给了娃娃不大点。</td><td rowspan="2">程筱冰</td></tr>
<tr><td>《指甲花》</td><td>指甲开花一点红，
爷娘养女一条龙；
借钱借米养大女，
梳头换髻一场空。</td></tr>
<tr><td colspan="3">第 2 卷第 26 期（1936 年 11 月 28 日）</td></tr>
<tr><td>《黑丫头》</td><td>说胡诌，
道胡诌，
老两口子打黑豆。
一场黑豆没打了——
家去生了个黑丫头。
爹也愁，
娘也愁，
愁的黑闺女留下头。
黑闺女要吃蛐蛐菜，
扤起来的黑篮子，
拿起来的黑镰头，
走到村南黑地头，
打那边，
来了一个黑小子。
黑小子牵了一个大黑牛，
黑鞭杆，
黑胡头，
黑缰绳，
黑笼头。</td><td>张天存</td></tr>
</table>

续表

<table>
<tr><th>题目</th><th>内容</th><th>记录者</th></tr>
<tr><td></td><td>黑小子着眼瞧，
黑闺女着眼瞅。
黑小子说：
“我也不用瞧，
你也不用瞅。
咱俩
做个夫妻满对头。”
黑小子写了一个“黑道日”，
一心要娶黑丫头。
打那边来了一顶黑老婆轿——
跟着四个黑吹手，
还有八个黑抬手，
一到“当院”磕黑头。
黑窗户，
黑门楼，
黑屋子，
黑炕，
黑枕头。
黑桌子，
黑筷子，
黑碗，
黑锅头。
娶了三年并二载，
生了个小子，
黑老不溜丢。
取了个名字“乌丁墨”，
大了叫他卖黑油。</td><td>张天存</td></tr>
<tr><td>《二姑娘二》</td><td>二姑娘二，
二姑娘出门子，
给我个信儿。</td><td>周孝铨</td></tr>
</table>

续表

题目	内容	记录者
	搭大棚， 贴喜字儿。 箱子匣子我的事儿。 牛角儿灯， 二十对儿。 娶亲太太大拉翅儿， 送亲太太小寡妇儿。 红灰氅衣大开气儿， 坐着马车真得劲儿。	周孝铨
第 2 卷第 28 期（1936 年 12 月 12 日）		
《麻子麻》	麻子麻，上树爬， 拿鞭子，拿板子。 麻子捡一麻饽饽， 麻子打架麻子劝。	徐芳
《小二哥》	小二哥，吃饭多。 人来了，盖上锅。 人走了，打老婆。 老婆没，去打杏儿。 杏儿没熟，上西山。 西山有个兔儿，没穿裤子。	
第 2 卷第 30 期（1936 年 12 月 26 日）		
《大麦黄》	大麦黄，二麦黄， 扤起茅篮看她娘。 她娘说："炕上坐。" 她嫂说："你起来， 放下案子揉馍馍。" 她娘说："椅上坐。" 她嫂说："你起来，	程筱冰

续表

题目	内容	记录者
	留着椅子叫客坐。” 她娘说：“板凳坐。” 她嫂说：“你起来， 留着板凳烧火坐。” 她娘说：“门槛坐。” 她嫂说：“你起来， 过来过去挡打着。” 她娘说：“院里坐。” 她嫂说：“你起来， 留着院子晒柴火。” 不吃你家饭， 不喝你家酒， 揃起茅篮就要走。 有咱爹娘来一遭， 没咱爹娘断戚了。	程筱冰
《闺女看娘》	今年底子小秃尖， 谁家的闺女不看娘？ 娘家不是穷家主， 金镶门帘象牙床， 青竹竿，挑门帘。 戴上滴滴九连环。 先梳头，后挽髻， 小丫鬟，抱红碗。 问问奶奶住几天？ “大假住半月， 小假住十天。 天又短，道又远， 牲口受罪人遭难！”	

续表

<table>
<tr><th>题目</th><th>内容</th><th>记录者</th></tr>
<tr><td>《哥哥哥哥生的狂》</td><td>哥哥哥哥生的狂，
买个包子袖里藏。
进了门，把头低，
叫声惠芬我的妻：
“给你个包子压压饥，
大嘴马牙赶忙吃，
不要叫妹妹来了要笑你！”</td><td rowspan="3">程筱冰</td></tr>
<tr><td>《小喜小喜生的俏》</td><td>小喜小喜生的俏，
二七赶了个梅花庙，
买个羊肉包子袖筒里藏。
一进门，把头低，
叫了一声喜子我的妻：
“给你个包子压压饥，
大嘴马牙赶忙吃，
大姑小姑看见，了不得！”</td></tr>
<tr><td>《红高粱叶》</td><td>红高粱叶，白高粱叶，
揭开帘子看姐姐。
“姐姐，姐姐做么的？”</td></tr>
<tr><td colspan="3">第 2 卷第 32 期（1937 年 1 月 9 日）</td></tr>
<tr><td>《看见她》</td><td>太阳出来一点红，
师父骑马我骑龙。
师父骑马前头走，
我骑青龙过海东。
海东有我丈人家，
大舅子出来往里让，
小舅子出来往里拉，
大舅子斟上一杯酒，
小舅子斟上一杯茶。
一杯清茶没喝了，</td><td>周孝铨</td></tr>
</table>

续表

题目	内容	记录者
	隔着竹子帘儿看见她： 银盘大脸黑头发， 红头绳，压根扎， 红绸子袄，金疙疸， 绿绸子裤续棉花， 红缎子小鞋牡丹花， 多咱娶到咱们家。	周孝铨
第 2 卷第 34 期（1937 年 1 月 23 日）		
《平则门》	平则门，写大字， 那边就是白塔寺， 白塔寺，挂红袍， 那边就是马家桥。 马家桥，跳三跳， 那边就是帝王庙， 帝王庙，摇葫芦， 那边就是四牌楼， 四牌楼东， 四牌楼西， 四牌楼底下卖估衣。 估衣估衣什么价？ 绣花裙子两吊一。 打个火，抽袋烟， 那边就是毛家湾， 毛家湾，卖大糖， 那边就是蒋养房。 蒋养房，安烟袋， 那边就是王奶奶。 王奶奶，啃瓜皮， 那边就是火药局。	周孝铨

续表

<table>
<tr><th>题目</th><th>内容</th><th>记录者</th></tr>
<tr><td></td><td>火药局，卖钢针，
那边就是老墙根。
老墙根，卖大盆，
那边就是德胜门，
德胜门，两头缩，
那边就是王八窝。
晴天晒盖子，
阴天把脖缩。</td><td>周孝铨</td></tr>
<tr><td colspan="3">第 2 卷第 35 期（1937 年 1 月 30 日）</td></tr>
<tr><td>《河北歌谣》
（一）</td><td>老百姓，流血汗，
一年到头忙不断。
又怕潦，又怕旱，
举家老少为吃饭。
风里来，风里去，
起早晚睡忙种田。
不敢吃，不敢穿，
辛辛苦苦又一年。</td><td rowspan="3">谢子美</td></tr>
<tr><td>《河北歌谣》
（二）</td><td>租也重，税也重，
钱粮号草多要命。
又怕兵，又怕匪，
集头庙脑怕多嘴。
你烧香，我念佛，
盼着太平好过活。
今天盼，明天盼，
盼来盼去一场乱。</td></tr>
<tr><td>《河北歌谣》
（三）</td><td>×××，没好心，
一心要害中国人。
卖大烟，卖白面，
房粮地土都霸占。</td></tr>
</table>

续表

<table>
<tr><th>题目</th><th>内容</th><th>记录者</th></tr>
<tr><td></td><td>先威吓，后欺骗，
买着汉奸来捣乱。</td><td>谢子美</td></tr>
<tr><td colspan="3">第 2 卷第 37 期（1937 年 3 月 6 日）</td></tr>
<tr><td>《糖瓜黏》</td><td>二十三，糖瓜黏，
二十四，扫房日，
二十五，作豆腐，
二十六，去割肉，
二十七，去宰鸡，
二十八，白面发，
二十九，满香斗，
三十黑夜坐一宵，
大年初一出来扭一扭。</td><td>吴永</td></tr>
<tr><td>《金磬响》</td><td>金磬响，放鞭炮，
祭钱祭马龟升天，
尘世劣语休明奏，
好言要陈玉皇前，
儿童还要多保佑，
下凡求祝鼎鼎鲜，
人们有吵休嫌絮，
每日神桌供长筵。</td><td></td></tr>
<tr><td>《三十夜》</td><td>三十夜，好黑天，
子时是我分岁年，
子午香，献佛前，
嫂子叩头庆团圆。
换新鞋，项金圈，
姐姐带我上街绕一湾，
南杂拌，要新鲜，
苹果金橘送两篮。</td><td></td></tr>
</table>

续表

题目	内容	记录者
	什锦灯，我好玩， 太平花发星满天， 飞天十声连珠炮， 小盒我要刘海戏金钱。	
《寂寞天》	元旦日，寂寞天， 吃素饽饽包古钱。 嫂子用蒜不恭敬， 谁要吃钱谁有缘。 姐弟同打秋千架， 就怕转身客拜年。	
《跑竹马》	跑竹马，放纸鸢， 春风摆柳好神气。 大沙燕，蜈蚣排， 蝴蝶还要送饭来， 哥哥抖筝慢慢跑， 姐姐放鸢留神栽。 我筝箩鼓嬉笑响， 他筝弦音阵阵哀。	
《步步噔》	步步噔，琉璃笛， 姐姐随我唱新曲。 走马灯，凭气转， 三娘推磨脚踢毽。 好冷天，冻手脚， 孔明因何永拿一把扇？	
《月亮爷》	月亮爷，亮堂堂。 哪屋元宵扑香？ 嫂嫂屋内吃几个， 奶奶膝前渴碗汤。 哥哥元宝我不要， 爱听嫂嫂兜内金钱响叮当。	

续表

题目	内容	记录者
《神仙齐》	正月十八夜，世界神仙齐， 白云观内是太虚。 姐姐同我助善会， 遇见阁老骑黑驴。 他也笑来我也嘻， 赐我平安福寿的。	
《太平鼓》	太平鼓，打的响咚咚， 一生爱看六部灯。 灯屏儿，书成套， 一典一故我知道。	
《牛角灯》	牛角灯，大的奇， 好看莫若汇丰的； 十支羊烛均不亮， 四人斗牌在灯里。	
第 2 卷第 38 期（1937 年 3 月 13 日）		
《河北歌谣》 （一）	高高山上一棵槐， 手扶槐树望郎来； 娘问女儿望什么？ “我望槐花几时开？”	林玉福
《河北歌谣》 （二）	小槐树，槐又槐， 槐树底下搭戏台。 “别人丈夫都来了， 我的丈夫怎不来？”	
《上籮辘台》	上籮辘台，下籮辘台， 张家妈妈倒茶来。 茶也香，酒也香， 十八个骆驼驮衣裳。 驮不动，叫马龙，	寿生

续表

题目	内容	记录者
	马楞马楞含口水， 喷得小姐花裤腿， 小姐小姐你不要恼， 明儿个后儿车来到。 什么车？ 红轱辘轿车—— 白马拉， 里头坐个俏人家。 爬着车沿问阿哥： “阿哥阿哥你上哪儿？” “我到南边瞧亲家。” “瞧完亲家到我家， 我家没有别的， 达子饽饽就奶茶， 许你吃，不许你拿，你要拿， 烫你勾儿的小包牙！”	寿生
《占我的窝儿》	占我的窝儿， 烂脚巴鸭儿， 流黄水，定疙渣儿； 疙渣儿掉， 吓你妈妈一大跳。	二令
第 2 卷第 39 期（1937 年 3 月 20 日）		
《白灵儿树》	白灵儿树，白菁突， 白娘生个白闺女。 爹也抱，娘也抱， 抱的白闺女上了轿； 姑爷骑着马劝丈母—— “丈母娘，你别哭—— 你闺女给我们做媳妇，	张天授

续表

<table>
<tr><th>题目</th><th>内容</th><th>记录者</th></tr>
<tr><td></td><td>铺绫毡，盖绫被，
扎花枕头七八对；
锡灯儿，锡蜡杆，
二寸半的小金莲。”</td><td>张天授</td></tr>
<tr><td colspan="3">第 2 卷第 40 期（1937 年 3 月 27 日）</td></tr>
<tr><td>《小柏树》</td><td>小柏树，开柏花，
亲家母，来到家，
给你板凳你坐下：
“叫你闺女拿柴火，
柴火掉了一炉火。
叫你闺女去买盐，
她和卖盐的打着玩儿。
叫她去换油，
给卖油的直碰头。
叫她摘棉花，
她在地里逮蚂蚱。
叫她摘辣椒，
辣椒棵里耍大刀！”</td><td rowspan="2">程筱冰</td></tr>
<tr><td>《拐棍一》</td><td>拐棍一，拐棍一，
儿女的饭真难吃。
拐棍两，拐棍两，
拐棍比着儿还强。
拐棍三，拐棍三，
惹得儿女不耐烦。
拐棍四，拐棍四，
我是儿女眼中刺。
拐棍五，拐棍五，
年轻又受多少苦。
拐棍六，拐棍六，</td></tr>
</table>

续表

题目	内容	记录者
《拐棍一》	临死落个空拳头。 拐棍七，拐棍七， 谁知道老了这不值。 拐棍八，拐棍八， 耳又聋来眼又花。 拐棍九，拐棍九， 到死拿不了一点儿走。 拐棍十，拐棍十， 入了土里再不提。	程筱冰
《棉花桃》	棉花桃，打滴溜， 我娘叫我上西头。 我不去， 打我二百大鞋底。 我嫌痛， 打我一个大窟窿。 我嫌破， 叫我吃个糠馍馍。 我嫌糠， 打我两巴掌。 跳井吧，井又深。 跳河吧，河又宽。 趴在地上叫皇天。	

正如杜含英论文中谈及这一时期的河北歌谣内容大致围绕“歌谣中的家庭生活”“歌谣中的婚姻状况”“歌谣中的教育信仰和娱乐”“歌谣中的几种人的生活”展开，如《歌谣》周刊卷2第37期吴永记录的河北歌谣《糖瓜黏》《金磬响》《三十夜》《寂寞天》《跑竹马》《步步噔》《月亮爷》《神

仙齐》完整涵盖了河北年节时段的礼俗活动。各首歌谣后均附有“注”，对歌谣中的各种年节礼俗进行“语境化”描述与阐释，起到了解释说明的作用。如《三十夜》后所注：“太平花”，是一种花炮的名字，“飞天十声连珠炮”，是说有一种爆仗能飞得很高，同时有十个响。“小盒”，是一种小型的盒子，里面有花炮，等点着之后，就放出花来。花可作成不同种的戏。“刘海戏金钱”是一出戏的名字。《寂寞天》后注此首歌谣的演唱时间为“元旦”，歌谣中的“素饽饽”为素馅饺子，“有些人家在大年初一这天要吃素，所以饺子也是素馅的。据他们迷信的说法，吃素可以免灾。就是在南方也有这么一说”。歌谣中提到的饺子里包古钱占卜运气，“古钱”，就是制钱，“按北平的风俗，在过年时有些饺子里是藏着制钱的，谁要吃到这种有制钱的饺子，谁就这一年有福气”。《跑竹马》是一首新年时的儿童游戏歌，歌谣中的“蝴蝶还要送饭来”，意指蝴蝶形的风筝升到天上去之后，还有一片一片的碎纸从空中落下来。

二、“发见”女性与妇女歌谣

20世纪初，随着西方妇女解放理论传入中国，中国妇女运动逐渐兴起，一批妇女运动的先驱，禁缠足、兴女学、办女报、结女社，开展启蒙运动。在“短期的奋斗”中，妇女们希望“从各方面的努力，把旧日原有的不堪人道的种种生活推翻重造一个新的生命”[①]。

“从民间事实言，农人有农人文学，商人有商人文学，乡村儿童有乡村儿童文学……各有其来源，各异其情调，各异其色彩，未可以‘一簿通书睇到老’也”[②]，由此推之，妇人亦有妇人文学，民歌揭露封建礼教残害下妇女的“可怜”之处，正所谓“为人莫作妇人身，百年喜怒由他人”。如通行陕西的“青石头，响叮当，我爹卖我不商量。卖的银钱还了账，不与小奴做账房”；通行山东的“小烟袋儿脚下撮，你是兄弟我是哥。装壶酒儿咱俩喝，喝醉了打老婆。打死老婆怎么过？有钱说个花大姐，没钱娶个灰老婆”；通行河南武陟的“山老鸹，尾巴长，娶啦媳妇不要娘。娘背着山坡，媳妇背被窝”等关于妇女“三从”的民歌。[③]

妇女歌谣也是河北歌谣搜集、研究的一大重要主题。如署名“平子”在《中央时事周报》上发表的《河北南部歌谣中之妇女生活状况》[④]，全文分为“寡妇之凄啼”“两性之相意”“姑嫂之不和”“新娘之心理”“生活之一斑”五个部分，梳理了河

---

① 刘王立明：《中国妇女运动》，商务印书馆，1934，“自序”第1—2页。

② 双石山人：《“民间文学”杂谈》，《民间旬报》1936年第14期。

③ 汉学：《关于妇女三从的民歌》，《天地人》1936年第10期。

④ 平子：《河北南部歌谣中之妇女生活状况》，《中央时事周报》1934年第18期。

北南部的歌谣。1942年，胡亚飘在《新河北》第3期发表《流行于民间的妇女歌谣》一文，副标题为“反映出民间儿女心情是妇女实际生活的写照”，文中谈到“妇女歌谣”——“是从民间风俗看出来的，妇女在家庭社会中的地位！以及她们个人身上的苦乐，好像一部妇女生活史，可以知道过去和现在情形与将来的趋向，妇女没有经济独立的权利，没有个人种种的自由，不能得到男子所有的举动，在这里不平不满的事实上，虽然还有人出来抗争，在抒情的歌谣上，却是处处无心的流露出来，这是很可注意的事情啊！”胡亚飘将“妇女歌谣”作为文学的一种作品来研究，认为此种歌谣“多是由于情感冲动而生，富于感情的，因为受了外界的刺激，他的情感动于中，精神就反乎寻常，无论他是喜欢，是悲痛，总要把他发泄出来，然后才觉痛快，这正所谓，不吐不快，毛诗序‘情动于中，而形于言，言之不足，故嗟叹之，嗟叹之不足，故咏歌之，咏歌之不足，不知手之舞之足之蹈之’”。文章将“妇女歌谣”分为“父母轻视女儿的歌”“公婆打骂儿媳的歌”“受小姑排斥的歌”“在家受兄嫂恨骂的歌”“兄嫂代为订婚的歌”“兄嫂贤良的歌”“嫌丈夫丑陋的歌”“嫌丈夫荒唐的歌”“被丈夫打的歌”“为丈夫守节的歌”“嫌母爱妻的歌”“受继母的歌”“多妻的歌”十二种。李岳南在《论歌谣》[①]“叙事的歌谣”中提到

① 李岳南：《论歌谣》，《大公报》1949年5月23日，第5版。

民间流行的歌谣《小白菜》“小白菜，黄又黄，三岁两岁，死了娘，娶了后娘三年整，生了个弟弟比我强，他吃肉来，我吃汤，想起亲娘泪汪汪”。还有对重男轻女的讽刺，如《小三姐》“三小姐，十八啦，三根头发披肩啦，东街里，染红布，西街里，买丝裙儿，打发三姐出了门，爹爹顿脚娘拍手……”

这些歌谣之所以能够广泛流传，成为学人透视妇女问题的资料，是由于它们切切实实地对妇女“可怜亦复可笑”的生活进行了集中展现。如《益世报》1931 年 6 月 13 日刊载《民间妇女生活面面观》一文，其中记载“本报调查员定县通讯”，其中记载了本县社会新闻数则：

不敢和他同睡：城西南蔡家庄住户赵洛焕，原籍曲阳县，其子年二十五岁，名福儿，娶曲阳堡内村赵氏女为妻，年十七，貌仅中姿。晚间有贺喜者，戏谓新娘子曰，汝夫莽甚，晚间须留意也，新娘乃面露惧色，待贺者走散，新郎入室，新妇见大哭，新郎宽衣上炕，哭益甚，郎问之不答，促其睡又急出奔入婆母室。婆大惊曰，夜已深，当安眠，胡为乎来此。俯首不答，亦不作声。婆母无奈，亲自送入洞房，及婆去后，竟坐以待旦，次晚见其夫，依然低首垂泪。新郎于急不可待中大声问曰，你为什么见我就哭，我又不打你不骂你，又为什么不高兴，从实说来，无妨讨论，仍不答。新郎大怒，方欲举棍，新娘复急趋婆母室，婆不耐曰，汝昼夜泣哭，究为何事，诘至再三，始面红耳赤，含泪云，我怕他。母问究竟，则曰，人都说他，言至此，遂便不肯言。婆母会意，若逼过恐演事端，即留之与己作伴，闻终因不从夫命，遭一顿痛打云。

嫁后五月产女： 城南楼底村韩某，夫妇年均半百，膝下一女，风姿秀丽，父母爱之如掌上珠，故对婚姻事特别苛求，直至民十八年，女长年二十三岁，始由媒人提议，许配彭家庄彭某之子为妻，是时彭子年仅十六，按乡间迷信，一、因双岁不吉，二、因年纪尚幼，延至去冬十一月中旬，始迎娶过门，本年三月，在娘家忽产一女，生产固为妇人常事，但韩某夫妇尚嫌过早，为保持名誉，乃免彭家追究起见，遂将产孩致死掩埋，以灭其迹。惟事机不密，终被外人所知，传递彭某之耳，彭大怒。正在交涉离异云。

张春华有志气： 城南花张蒙村王某，有女春华，年将及笄，其父得金五十元，许于该村西北庄上吴某为妻。春华闻吴某素行无赖，专以跑海为生，因向其父诉说情由，请求退婚。其父碍着银钱面子，坚不应允，且以女子不应对自己婚事表明意见，直斥其女为不害臊。嗣以婚期将到，其父为置嫁妆，春华视物生愁，啜泣不食，邻人百方劝导，亦无回转余地，其父气急，遂将春华重打，以资威吓，不料吉期前一日，春华竟暗服煤油自杀，经邻人多方灌救，未遭惨死，终以女志坚强，与吴家解除婚约。

大狐狸卖风流：城内新开路中山旗馆附近，有一少妇，年约花信，装束时髦，修饰妖艳，招蜂引蝶，卖弄风流，颇为一般登徒子所注目，前日夕该妇在彼闲占，适有青年数人，由彼经过，蜂拥尾随，言语勾挑，该妇以来势凶猛，竟蛮骂不休，经多人调解，一场风波，始告平息。该妇花名月春，绰号大狐狸，著名之娼妓，被其倾陷者，不知凡几。

社会新闻中所涉及的夫妻关系、父女关系及妇女堕落为歌谣中屡见不鲜之题材。河北省立大名师范学校主办《期刊》刊载“六年级第七班”，署名为“王肇钧”所作《大名妇女歌谣研究》，其中将大名一带关于妇女的歌谣，按照婚配与否，分为“女儿类”“媳妇类”“婆母类”三种。文内记载大名一带的风俗“特别轻视女儿”，歌谣云：“小耗子，吃麦糠，一个闺女三辈殃”“三女不富，三儿不贫”。歌谣中的“三辈”指父母辈、兄弟辈、子侄辈。“大名风俗，女子嫁后，男家只供给膳费。她丈夫和子女的衣服费，都归妇女家自备。”“女子到了六七岁，生理上心理上本和男孩没有大差异，然而不能和男孩一样游戏，必须整日里规规矩矩，不得过她们的快乐儿童生活。”歌谣云：“小闺女儿，不害羞，跑到这头跑那头。”此外，大名还流传着裹脚的陋俗，歌谣云：“花椒树，刺针多，俺娘打我不裹脚，好老娘不拉我，好妗妗不帮我，嗝吨嗝吨气死我”“小红车，吱嗡嗡，大姐走路咯噔噔，‘怎么不快走？’‘小脚痛’”“小脚小，嫁个女婿好，一走扭两扭，越看越不丑”“小板凳，红油漆，亲家有个好闺女，梳油头，挽水髻，手拿鹅翎扇，走一走，搧一搧，插花裤子，小金莲”。女子到了十四五岁，有了异性恋爱的情绪，如“小杨树，搭拉枝，底下坐着个小白妞，嘴唇上，点胭脂；脸蛋上，抹香粉儿，手拿针线做袜底儿；‘哎！想谁呀？’‘新女婿儿。’”这种展现女子青春萌动的歌谣很多，如“小二姐，十七八，坐下板凳要婆家；南邻姊姊上花轿，北邻姐姐抱娃娃。娘呀！你坐下，我给谁描鱼，我给谁插花？”当女子出嫁之后，生活的好坏全赖所嫁之人的品性，歌谣云：“月光地，亮堂堂，小媳妇，洗衣裳，洗的白，漂的白，她的女婿不成才，又吃酒，又摸牌，过他娘的老灯台。”“老灯台”是毫无成就，大失所望的意思。但即使丈夫不良，大多数女性不敢采取反抗行为，逃不出“名教范围”。歌谣云：“嫁猫跟猫，嫁狗跟狗”“月老儿，红线牵，世人没有错姻缘！”描述婆媳之间关系的歌谣也很多，如“小二姐，真来能，给她婆婆烙油饼，烙的大，婆婆骂，烙的小，婆婆吵；烙的不大不小，吃个挺挺大饱，反骂烙的太好”。[1]

三、晋察冀边区的革命歌谣

20世纪30年代中后期，“文艺为人民”的文学观念逐步确立，一来因为民间文艺与“民众”“民间”的天然联结，只是这一时期“民众”和“民间”具体化为“工农兵”；二来则是民间文艺与革命的结合。如1937年创刊于河北阜平的《晋察冀日报》[2]，在1939年10月23日第4版刊载《北风》：

北风

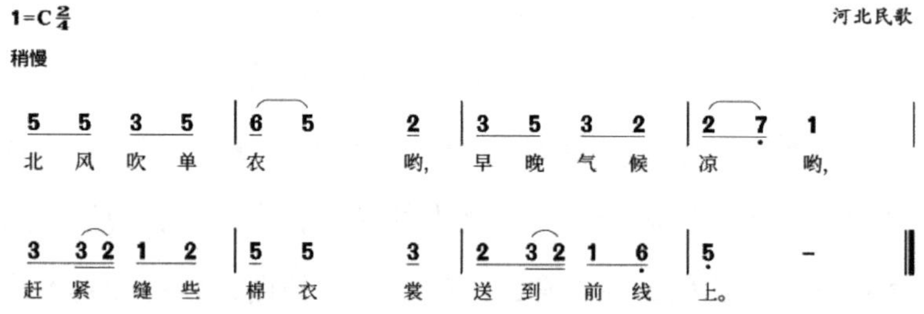

1=C 2/4　　　　河北民歌

稍慢

5 5 3 5 | 6 5 2 | 3 5 3 2 | 2 7 1 |

北 风 吹 单 衣 哟，早 晚 气 候 凉 哟，

3 32 1 2 | 5 5 3 | 2 32 1 6 | 5 - ‖

赶 紧 缝 些 棉 衣 裳 送 到 前 线 上。

① 王肇钧：《大名妇女歌谣研究》，《期刊》1934年第2期。

② 中共中央晋察冀分局机关报，初名《抗敌报》，1940年更名为《晋察冀日报》，至1948年停刊，社长、总编为邓拓。《晋察冀日报》是晋察冀边区出版时间最长、贡献最大的报纸，发行量曾达5万份。

书信捎到家哟，又是打胜仗噢，
妈妈孩子们听到了，大家喜洋洋。

乘风杀敌人哟，救国也救家噢，
保卫边区的子弟兵，谁不爱戴他。

水灾虽说大哟，过年多开荒噢，
大家都节省吃和穿，长年打东洋。

只有打东洋哟，中国才会强噢，
自家要故意闹别扭，实在不应当。

汉奸汪精卫哟，卖国罪谁饶噢，
全国同声讨伐，把狗党消灭光。

建设新中国哟，军民齐担当噢，
后方增加生产呀免得闹饥荒。

咱们晋察冀哟，在敌远后方噢，
发展模范的根据地，长年放光芒。

1942 年，《在延安文艺座谈会上的讲话》发表后，解放区逐步建构起“文艺为人民”的话语体系。这一时期解放区民歌、秧歌、说书的新发展、赵树理及李季结合民间文艺所进行的文学创作、古元的木刻、吕骥等对民族民间音乐的搜集整理被整合为“人民文艺”的一部分。

晋察冀边区包括“同蒲路以东，津浦路以西，正太、石德路以北，以及平北、冀东、察哈尔、热河等广大地区”[①]。抗战时期的晋察冀诗歌运动是抗战文艺的重要组成部分，它是由战地社和铁流社等新诗团体、在军队和记者群中活跃的诗人群体以及燕赵诗社等旧体诗团体开展起来的，这些团体通过街头诗等运动形式一起促成了晋察冀文艺的发展。[②]

“晋察冀边区民间本有歌谣创作的悠久历史，四千万人民群众中蕴蓄着丰富的传统歌谣的宝藏，抗日战争和解放战争的进行，又给歌谣创作注入了新鲜的生活内容，使这一民间诗歌形式焕发出蓬勃的生机，大量新歌谣的产生，成为边区与诗人创作相对应的又一奇观。”[③]

田间在《民歌诗抄》中总结边区新歌谣内容上的突出特点是“恨、怒、喜多于忧郁”。一方面，民间歌谣对敌人进行

---

① 魏巍编:《晋察冀诗抄》，中国青年出版社，1984，第 2 页。

② 耿殿龙:《抗战时期晋察冀边区诗歌运动情况概述》,《中北大学学报》(社会科学版) 2013 年第 2 期。

③ 王剑清、冯健男主编:《晋察冀文艺史》，中国文联出版公司，1989，第 163 页。

了激烈控诉，如“小麻雀，尾巴长，日本鬼子真猖狂，烧了齐各庄，又来俺贾庄，吃了俺的老母鸡，又牵那群羊。细铁丝，明晃晃，不容分说将人绑，倒上‘鬼子油’，配上干草棒。格崩格崩烧成浆”（阜平）；“针尖上打能能，刀子刃上过光景，铺蒺藜，盖葛草，鬼子欺压到如今”（井陉）；对地主恶霸剥削压迫农民的寄生虫生活给予了贬斥，如“进大门，门房管家看财奴；进前院，金鱼荷花石榴树；进前庭，老妈抱孩厨师傅；往里走，先生肥狗胖丫头”（胜芳）；“一夜大烟，一天麻将；地主老财，人鬼不象；钱来伸手，饭来张口；地主老财，不如猪狗”（束鹿）。

另一方面，民间歌谣又对坚持抗日的人民和士兵给予了褒扬，如“黑间来了八路军，八路军比兄弟还亲，毛蓝褂，紫花裤，头上蒙着白羊肚，同志一来话没头，鬼子不敢下岗楼。黑间来了八路军，八路军比兄弟还亲，先问鬼子有多少，后问庄稼好不好。唉，好不好，说不了，只盼同志你不要走，打死南甸鬼子和狗特务”（平山）；“生产并习武，战斗如猛虎，官兵共甘苦，爱民如父母”（新解放区）；对领导人民反抗侵略反抗压迫的中国共产党给予了歌颂，如“太行山下没太阳，千年万载遭灾殃；如今来了共产党，撵走黑暗亮堂堂；受苦人才翻了身，太阳不落照太行”（建屏）；赞美抗日根据地和解放区的民主生活，如“天晴了，雨停了，地主变成狗熊了；天亮了，变样了，穷人起来算账了”（冀中）；“一不滩滩杨柳树，一片一片的青，一群一群受苦人，哎哟哟，同同的翻了身。一块块的好土地，分在穷人的手，一条一条的好牲口，哎哟哟，拴在咱圈里头。一个一个的庄稼汉，生产劲头高，一组一组的闹着种，哎哟哟，都说变工好。一手锄头一手枪，生产练武忙，一次一次的打胜仗，哎哟哟，保卫好时光”（冀西）。

边区新歌谣内容上的另一特点是描写了边区的新生活，表达了人民革命的要求和愿望。“边区建立以后，人民群众打破了旧的局面，他们组织起来，站岗放哨，拥军优抗，参军支前，打游击反扫荡；开荒治滩，变工互助，减租减息，不当懒汉懒婆争当劳动英雄；民主选举，读书识字，实行男女平等，婚姻自主……”[①]如流传甚广的《站岗放哨歌》“同志我问你，你到哪去？通行证儿大半你也带着呢！拿过来看看，拿过来看看，你才能过去，因为现在情况关系，不要马虎的”（深泽）；童谣《麦秋》“夏麦秋，到地头，哪边有几个割麦的，哟，警卫队员帮助咱们收。麦割倒，地里堆，英哥抗日没回来，哟，公安局同志帮咱抬”（阜平）；表现妇女生产的《二嫂》“大纺车，嗡嗡嗡，谁家纺车象刮风？准是王家他二嫂，俺村里的劳动女英雄。二嫂二嫂一宿纺几两线？‘二两

---

① 王剑清、冯健男主编：《晋察冀文艺史》，中国文联出版公司，1989，第165页。

半。'二嫂二嫂一宿点几两油？'不点油，黑古影里就纺喽'"（河间）；《老百姓拥军歌谣》中的《鸡蛋》"小小鸡蛋圆又圆，一个能值二百钱，不舍吃，不卖钱，一天一个慢慢攒，一罐米，半罐糠，鸡蛋就在里边藏，恐怕小孩打坏了，小罐放在炕头上。一天攒一个，两天攒一双，攒多了送前方，同志吃了身体壮，好打胜仗保家乡"（冀中）。

民众通过歌谣，呼喊出自己保家卫国、翻身解放的心愿，并以此相互激励和号召。如宣传参军的"好铁要打钉，好人要参军；参加子弟兵，抗战杀敌人"（浑源）；儿童也唱出"高高天上满天星，我的爸爸去当兵，妈妈呀，抗日军人多光荣！高高天上满天星，游击队偷偷去摸营，妈妈呀，爸爸会杀死那鬼子兵。高高天上满天星，活捉来鬼子一大群。妈妈呀，长大我也去杀敌人"（冀西）。"抗战时期，农业是抗日根据地政治稳定、经济繁荣社会有序的基石。"[①]晋察冀边区党和政府积极制定农业政策、建立农业生产管理机构，采取一系列的生产措施，出现了《开荒》一类歌谣："月亮地，明光光，男女老少去开荒，多开一亩地多打一亩粮，一家大小不再闹饥荒。太阳爷，出东方，东山野草全铲光，只要大家齐心出力量，哪怕粮食装不满仓。持久战，打东洋，家家户户

---

① 李春峰：《以农为本：抗战时期晋察冀边区农业生产的措施与经验》，《农业考古》2016年第3期。

去完粮，抗日的力量大家来保障，打走鬼子才能把福享”（冀西）；家庭妇女也参与到运动中去，唱出“孩子孩子好好睡，妈妈今天去开会。开会干什么？斗争大恶霸。讲讲理，出出气，要回咱那房子地；翻翻身，抬抬头，给你爹爹报报仇”（冀中）。当时的干部也运用歌谣开展工作，总结工作经验，如时任平定县县长的王元寿，就曾创作《访苦歌》传达他开展农村工作的经验：“下乡要往穷人家钻，心里先有五不嫌：不嫌糠面饭，不嫌破席片，不嫌圪疤碗，不嫌破衣片，壁虱狗蚤咬几天，翻了身这些都能变……”

从形式上看，边区的民间歌谣多无定格，有些是整齐的“四六句”“顺口溜”，有些是长短句错落有致的“口边话”“漫歌”；有的合乐，如按河北民歌曲调配以新词歌唱英雄模范、号召参军的《献花》《送出征》，有的是并不合乐的谣谚，有的属于纯粹的民间创作，泥土味极浓。有的则经过文化宣传工作者的加工、改造与创编，语言上剔除了粗俗的成分；有的如街头诗，有的如“四季歌”“五更调”“十二月”之类段落较多，篇幅较长。如阜平一带流行的《胭脂河上胭脂花》，写胭脂河边石湾村十八岁的女青年刘翠霞绣手巾，“一不绣送子菩萨，二不绣状元拜塔，三不绣游龙戏凤，四不绣富贵荣华”，绣的是陕北延安城和毛泽东，绣的是冀西阜平城和聂荣臻将军，这首民歌有九段三十六行。

在表现手法上，边区歌谣较常采用比、兴二法，如咒骂晋绥军鄂友三的歌谣“鄂毛驴，鄂牲口，没头鬼，枪崩猴”，之所以说他是没头鬼，是因为他曾说：“我划洋火为誓，自今日起，谁与八路军说一句话，就杀谁的头”；再如提醒农民不受骗的歌谣：“猫哭老鼠假装蒜，地主哭穷假可怜。黄鼬找鸡假拜年，虎戴佛珠假行善。地主摆席请穷汉，没安好心怕清算。”此外还有敌占区煤矿工人唱的“青石头青，蓝石头蓝，象死牛样的背煤，两头不见阳婆，饿着肚子，命也靠不住活。冷的滚吧，怎么热的还不来哟”，根据地妇女唱的“柳树开花一团金，寻人要寻抗日人。有吃有穿真光荣，每天起来打日本”。边区歌谣还较多运用对比手法进行叙述，如流传于盂县的“半夜敲门不开门，不是八路是敌人；八路来了烧开水，敌人来了埋地雷”；流传于浑源的“日军占了一条线，八路军占了一大片，八路军好，日军背，割了洋烟种萝贝。萝贝也熟了，日军也死了”。此外，讽刺、夸张、反义等也是边区歌谣中的常用手法。1942 年前后，日本侵略者实行所谓“治安强化”，编写了《防共歌》，与之相对应的，群众中就出现了《防共新谣》《施政跃进》等歌谣：“共产党为咱们忙，为咱敌占区的老乡，帮助咱们把敌防，防止鬼子的三戈比，防止据点里要白洋，防止特务把门叫，防止伪军闯进房，我们防共呀？不必防”“施政跃进一二三,一次比着一次酸；三次跃进就要尽，四次再跃人就变”；针对阎锡山实行所谓“兵农合一”政策造成的民不聊生的状况，群众讥讽地唱出："'兵农合一'实行了，茅厕满了没人掏，十亩地里九亩草，留下一亩长黄蒿，老百姓受死吃不饱，就是阎锡山闹个好。"土地改革时，农民回忆起长工生活时的苦难"进了地主门，饭汤一大盆，勺子搅三搅，浪头打死人。窝窝长了刺，饼子生了鳞，碗也不给刷，筷子拉嘴唇。工钱不支给，说话吹打人。这样的日子没法混！"民众还用歌谣嘲笑地主："钱来伸手，饭来张口，他干啥事？没有，没有！白天胡闹，晚上睡觉，他是什么？他是废料。"

边区文艺界始终重视民间歌谣的搜集整理工作，《晋察冀日报》《子弟兵报》《冀中导报》《北方文化》等报刊上经常登载歌谣，华北联大文艺学院、西北战地服务团等都曾做过歌谣的搜集工作。1946 年，田间的《民歌杂抄》作为乡艺第二辑之一，由冀晋区编审委员会审定，星火出版社出版，收录歌谣 59 首（其中属于晋察冀的 33 首）；袁同兴的《抗战谣》《俚曲短唱》由边区政府教育处油印出版，收录歌谣百余首。1948 年，群众剧社编印了《民歌选集》，收录歌谣 68 首，肖三同年还编辑出版了民歌集《中国出了个毛泽东》。

边区诗界也注重向民间歌谣汲取营养，很多诗人、音乐家都创作过仿民歌体的作品。如卢肃在平山县洪子店即兴作词作曲的歌谣"小指头儿，打日本，打不倒呀哈，单用大指头儿也不粘，两手一齐干！哎咳哟，两手一齐干"！在小学生中广为传唱；曾任华北联大文学院音乐系教员的王莘在

1940 年为牧虹写的快板剧《选村长》创作主题歌《选村长》，曲作借鉴民歌小调，亲切自然，深受民众喜爱。1941 年春，王莘为联大儿童演剧部成立而创作的《晋察冀儿童合唱》（姚中作词），在晋察冀边区儿童中流传很广，特别是借鉴民歌小调谱写的《边区儿童团》，在抗日战争时期流传于全晋察冀，几乎大人小孩都会唱；张非作曲的《咱们永远在一起》汲取了河北一带的民间音乐语汇和调式特征，信手拈来，不事雕琢，故显得亲切、流畅和自然；罗浪创作的《生活在晋察冀》是根据魏巍的一首短诗，采用民歌常用的叠句谱写而成的节奏轻快的短曲，目的在于易唱、易记、易传。曲作用大调，加用附点音符，使节奏活泼，充满自豪感和自信心。此曲作于 1942 年 5 月，由于短小易唱，很快在一分区、三分区及整个晋察冀边区流行，刊登于《战线报》，解放后曾改名为《生活在新中国真快乐》发表；王引龙作曲的《快快组织联合政府》是借鉴了华北 G 调式民歌素材谱写而成的群众歌曲，除最后两句外，每个乐句都用了“切分”，形成一个不稳定的紧迫感，最后两句以音乐语言的肯定语气突出了“快快组织联合政府”的主题思想；张非、卜一、陈地、陶申创作的《晋察冀民主四唱》（侯金镜作词），虽在形式上借鉴了西洋合唱的表现手法，但音乐源自民间小调，乐曲中还加入了“哎嗨呀”衬词衬腔多处，或在乐句后部，或在乐段后部，少则二三节，多则七八节；陈地创作的《春耕歌》和《搬石头》将“号子”中的打夯号子和船夫号子的音调和节奏糅合在一起，形成紧张的劳动气氛和乐观情绪。其中，《春耕歌》更具打夯号子的特色，其中反复出现的音乐语言表达了生产劳动紧张而轻快的律动。

这一时期的晋察冀音乐创作实践对群众创作及文艺工作的开展有着具体的指导作用。1942 年 6 月 1 日《晋察冀日报》刊载的《大众歌曲的“党八股”与克服的办法》指出：

> 关于大众歌曲的创作，目的最主要的是我们如何深入体验大众生活、具备大众感情的问题。与此相关的还有研究人民语言特点的问题。假如要写春耕，作者除了要了解春耕对边区的意义以外，还需要了解边区农民对春耕的态度、情绪和表现，了解农民语言上的特点如重音所在、语言节奏与音的抑扬规律、语尾的表现等（这些特点常表现在日常说话、民谣和地方戏曲中）。使这些和新的创作方法融合起来，统一起来，进行创作。不要孤立地搬一点儿来用。

这种音乐创作理论与魏巍在《晋察冀诗抄·序》中谈到的诗歌创作观念之间有着异曲同工之妙：

> 当我读着它，读着它，仿佛又回到我们战斗的故乡，又回到我们的田园。仿佛又看到了狼牙山、

> 神仙山、妈妈河、胭脂河……仿佛又看到铁矛上飘拂的红缨；又看到怀抱着地雷在大道上行进的民兵；仿佛又看到老大娘拿着针线活，坐在村边的柳荫里放哨；小孩子拿着扎枪，仰着脸，睁着机警的眼睛，向你盘查路条；它还使你听见高粱叶哗哗的响声、大豆棵里秋虫的鸣声，在那里埋伏着我们的勇士。[①]

革命歌谣是中央苏区和各个根据地革命斗争的历史记录，在传承与传播中形成了"集体文本"[②]的社会效应。作为革命歌谣的新民歌展露出传统民歌重词轻曲的价值取向，并延续了传统民歌的"救星崇拜意识"和批判精神，这一时期对民歌曲调的创编"体现出一切都旨在满足军事斗争需要的实用理性精神"。[③]如《军民一条心》[④]产生于抗战中期，歌曲以民

---

① 魏巍编：《晋察冀诗抄》，中国青年出版社，1984，第 9 页。

② "集体文本产生、观察并传播集体记忆的内容"，"其中文学作品不是作为一个有约束力的元素和文化记忆回忆的对象，而是作为集体的媒介建构和对现实和过去解释的表达工具"。参见阿斯特莉特·埃尔：《文学作为集体记忆的媒介》，载冯亚琳、阿斯特莉特·埃尔主编《文化记忆理论读本》，北京大学出版社，2012，第 238—239 页。

③ 陈星：《土地革命战争时期"革命歌谣"对民歌的利用》，《音乐艺术》（上海音乐学院学报）2022 年第 4 期。

④ 王瑞璞：《抗日战争歌曲集成·晋察冀·晋冀鲁豫》，中国文联出版社，2005，第 435 页。

歌曲调和通俗的语言，歌颂了人民群众和八路军鱼水相依、团结一心、不畏强敌，坚决打败日寇的革命精神。1942 年前后流行于晋察冀边区冀中地区。再如河北民歌《小白菜》和《青羊传》成为民族歌剧《白毛女》贯穿全剧的主题音乐，传遍全国的歌曲《解放区的天》是根据南皮花狸虎调《十个字》改编的，曲调相差无几。此外还有《可恨日本鬼》《李玉兰劝夫参军》《三杯酒》等均对河北歌谣曲调有所借鉴。

表 1–3　晋察冀边区文艺运动大事记（歌谣相关）①

年份	具体事项
1938	8 月 7 日柯仲平、田间等在延安发起街头诗运动。
	8 月 21 日边区文协在军区俱乐部召开第一次讨论会。到会五十余人，议题为《日苏问题与中国抗战》，决定下月讨论《诗歌与戏剧》。
1939	1 月边区各界发起《晋察冀一周》（1 月 10 日—17 日）写作运动，成立了《晋察冀一周》编委会，在《抗敌报》刊登征稿启事。边区党政军领导直至农村妇女儿童都写了稿件，后编辑成册，约 15 万字，全面反映了边区初创期斗争生活。但因敌寇扫荡，稿件失毁未能出版。
	2 月 19 日边区各界发起在元宵节期间举行群众性“抗战建国宣传周”。边区文教会号召各地会员与群众“应用街头剧、活报、舞台剧、朗诵诗、街头诗、木刻、漫画、音乐以及其他形式，积极参加宣传周活动”。

① 张学新：《晋察冀文艺运动大事记（1937.7—1948.12）》，《新文学史料》1986 年第 1—4 期。

续表

年份	具体事项
1939	2月西战团战地社编辑的文艺刊物《战地》，诗刊《诗建设》与音乐刊物《歌创作》油印出版。在西战团与铁流社的带动下，边区各地普遍开展街头诗运动。
	4月边区文教会主编的《边区文化》创刊号出版（铅印），刊载有聂荣臻、彭真同志在“创作问题座谈会”上的讲话，和邓拓的发言:《三民主义现实主义与文学创作诸问题》。抗敌报社以新华书店晋察冀分店名义开始出版书籍，出版有街头诗集《粮食》等文艺作品。
	5月一分区文救会3月17日成立，为开展红五月文化突击竞赛，向各分区文救会提出挑战，并于本日出版月刊《文化前哨》。4月，曾编辑出版街头诗集《给自卫军》（石印）。收录钱丹辉、魏巍、赵景中等人的诗作。
	5月为纪念“八七”街头诗运动一周年，诗建设会发起一千首街头诗创作运动。田间在《诗建设》发表短论:《现在的街头诗运动》。
1940	2月18日边区音乐家协会筹委会成立，由吕骥、周巍峙、抗敌剧社代表组成，筹委会公布《音协工作纲领》，提出:“加强音乐作品的现实化和大众化，用全力将文化深入到民间去，使音乐成为广大群众的运动。”
	4月4日为庆祝中国儿童节，《抗敌报》刊载成仿吾作词、吕骥作曲的《边区儿童团歌》。……田涯作曲的《小小叶儿哗啦啦》《我们是晋察冀的新儿童》《小木枪》和王莘作曲的《儿童团歌》（均为姚远方作词），在边区儿童中迅速流传。
	7月冀中文建会与新世纪剧社联合编辑出版油印刊物《歌与剧》。每月出版，发表大量歌曲与剧本。
1941	4月23日《晋察冀艺术》第十二期为音乐专号，发表卢肃的《评大后方“音运的退潮”》、施序的《歌词写作的一般问题》、周巍峙的《对于目前作曲上的一些意见》。

续表

年份	具体事项
1941	5月14日《晋察冀艺术》第十四期，出版诗歌专号。发表田间的《怎样写街头诗》、孙犁的《关于诗的语言》、鲁藜的诗《五月一日在这里》、邵子南的诗《南乡的诗章》。
1942	7月19日边区音协与边区文协共同成立“边区歌曲创作会”，参加会员达五十余人。
	本年内，音乐工作者在军民誓约运动与政治攻势中，创作大量群众歌曲。《歌唱二小放牛郎》（方冰词、劫夫曲），《王禾小唱》（方冰词、劫夫曲）、《咱们永远在一起》（邓康词、张非曲）等流传至各个解放区。 诗人史轮在反“扫荡”中英勇牺牲。史轮，山东人，抗战前就写诗，1938年到晋察冀，曾在西战团与边区文救会工作，是街头诗运动的积极倡导者、参加者，创作大量诗歌。他为民间小调配词的《大家来杀鬼子兵》《老百姓摸枪》，抗战初期在群众中广泛流传。
1943	1月15日边区参议会首届会议期间，聂荣臻、吕正操、宋劭文、邓拓、于力、皓青、阮慕韩、张苏、刘奠基等发起成立“燕赵诗社”。《缘起》中写道：“方今板荡山河，寇氛未消；黎明前夜，国难犹殷，有志之士，奋起如云。边区民主，谠议宏规。定反攻之大计，期必胜于来朝。窃谓盛会不常，机缘难遇，诚宜昂扬士气，激励民心，以燕赵之诗歌，作三军之号角……”
1944	8月20日边区音乐工作者成立《中国民间音乐研究会晋察冀分会》。各剧社音乐工作者重视搜集民歌，油印出版许多《晋察冀民歌选集》。
1945	8月24日前线记者团林明同志奉命接管伪蒙疆广播电台，改名为张家口新华广播电台，当晚开始播音。群众剧社在电台播唱《八路军进行曲》《没有共产党就没有新中国》等革命歌曲。

续表

年份	具体事项
1946	12月冀中文协主编的戏剧、音乐月刊《歌与剧》创刊。
	本年内，部队文艺工作者创作的歌曲《保卫人民胜利果实》（张致祥词、罗浪曲）《战斗进行曲》（韩塞词、佩之曲），解放战争期间在部队与群众中广泛流传。
1948	2月5日《晋察冀日报》编辑部向文艺工作者发出征稿启事。要求用各种形式反映平分土地的伟大运动，用群众的语言和群众易于接受的形式写出农民内心的喜悦与义愤，需要和要求，经验和问题。并搜集民间创作的作品。

四、新民歌运动与《主席走遍全国》

1949年以后，各地歌谣搜集整理工作受到进一步重视，尤为关注歌谣与革命、历史的关系。1958年3月，毛泽东在成都会议上指出搜集民歌的重要意义①，认为“民歌是中国诗的一条出路”②。在随后的汉口会议和中国共产党八大二次会议讲话中，毛泽东再一次提到民歌搜集的问题及具体方法。自此，一场自上而下的新民歌运动席卷全国，“几乎每一个县，从县委书记到群众，全都动手写诗；全都举办诗歌展览会，

① 毛泽东谈到当时开始兴起的民歌时说：“中国诗的出路，第一条是民歌，第二条是古典，在这个基础上产生出新诗来。”“形式是民歌，内容应是现实主义和浪漫主义对立的统一，太现实了就不能写诗了。”

② 天鹰：《一九五八年中国民歌运动》，上海文艺出版社，1959，第64页。

到处赛诗，以至全省通过无线电广播来赛诗”。除了不可胜数的诗歌相关的出版物之外，诗歌还被“写在街头上”“刻在石碑上”“贴在车间、工地和高炉上”。[①] 在这一大众化运动中，新型的“农民诗人”成为社会主义文艺战线的先锋，歌谣等民间文学资源也在这次进入主流的“越界”[②] 中发生了价值与功能上的变化，规范着“人们对历史现实的想象方式”，再造了民众的“社会生活秩序和伦理道德观念”[③]。

1959 年由郭沫若、周扬主编了《红旗歌谣》，其中收录了河北歌谣《主席走遍全国》：

> 主席走遍全国，山也乐来水也乐，峨眉举手献宝，黄河摇尾巴唱歌。
>
> 主席走遍全国，工也乐来农也乐，粮山棉山冲天，钢水铁水成河。[④]

这首民歌在当时有很高的传唱度，曾被收入多种民歌

---

① 徐迟：《〈一九五八年诗选〉序》，《诗与生活》，北京出版社，1959，第 61 页。

② 毛巧晖：《越界：1958 年新民歌运动的大众化之路》，《民族艺术》2017 年第 3 期。

③ 张炼红：《从民间性到“人民性”：戏曲改编的政治意识形态化》，《当代作家评论》2002 年第 1 期。

④ 郭沫若、周扬编：《红旗歌谣》，红旗出版社，1959，第 8 页。

选，也被编入小学语文课本。据夏晓虹回忆，作者是其表哥邢序凤。“邢序凤1950年代初就读于南京航空学校，学的是工科，却十分爱好诗歌。毕业后分配到天津一家军工厂做技术员，业余时间写作。”①“《主席走遍全国》最初好像发表在一个天津工人业余作者的文学刊物上。天津当时是河北省的省会，又被称作产业工人集中的有光荣革命传统的地方，而新中国培养的技术人员，也勉强可以列入工人阶级的队伍。具备这几种因素，表哥的这首更像歌词而并不像民歌的作品便脱颖而出，被选拔作为河北民意心声的代表。”②1958年12月百花文艺出版社出版的《天津民歌选》第二集收录了这一作品，附有作者名字和身份信息：天津电器厂工人。当时的题目为《毛主席走遍全国》，诗歌的文字也有很大的差别：

主席走遍全国，山也乐水也乐，
峨眉点头含笑，黄河摆尾唱喏。
主席走遍全国，工厂农村唱歌，
全国热火朝天，只因毛主席来过。

其中“唱喏”一词太文雅，而且句式不整齐，也缺少在

---

① 谢保杰：《主体、想象与表达：1949—1966年工农兵写作的历史考察》，北京大学出版社，2015，第175页。

② 夏晓虹：《诗人的梦想——纪念表哥邢序凤》，《珍藏生命》，南京师范大学出版社，2012，第43页。

重复中变化的民歌特征。1959年，百花文艺出版社出版《河北新民歌》第二集，再次收录此作，内文除了“棉山粮山顶天”一句，其他已和后来传唱的完全一样。1960年4月，由人民文学出版社印行的《河北歌谣》[①]中，作者的名字已被隐去，取而代之的是“天津”这一地区名。1961年，河北省民间文学研究会又编纂出版了一本《河北歌谣》，收录“大跃进”歌谣123首，也收录了《毛主席走遍中国》这首歌谣。此书前言中谈道：

> “大跃进”歌谣表现了千百万人民群众从心底迸发的对党和毛主席的颂歌；真切地反映了人民对自己劈山倒海的壮丽事业坚定不移的信心和毅力；赞美了充满劳动、欢乐和理想的崭新的生活，充满着无限豪迈的革命激情。“大跃进”歌谣不仅内容新颖、感情充沛，而且艺术形式也很优美；它的形象鲜明，语言生动，表现方法又灵活多样，具体体现了革命现实主义和革命浪漫主义的巧妙结合和统一；它既富有民族的传统风格，同时又充满新的发展和创造。[②]

---

① 河北省民间文学研究会编：《河北歌谣》，人民文学出版社，1960。

② 河北省民间文学研究会编：《河北歌谣》，百花文艺出版社，1961。

“和旧民歌相比，当时创作和搜集的民歌被称为‘新民歌’。在新的社会文化语境中，以《红旗歌谣》为代表的新民歌已经和传统意义上的民歌有很大不同，烙上了新的意识形态的印迹。作为创作主体的工农群众在这次民歌运动中也被最大程度地发动和整合起来，参与到新的意识形态文化生产中去。在某种程度上，新民歌成了劳动群众的文化表达。”[①]

五、非遗语境下河北歌谣发展现状

20世纪70年代末期，民研会的恢复及民间文学学科的重建，为民间歌谣带来新的发展机遇。1984年5月启动的民间文学三套集成工作，在全国范围内搜集整理民间故事、歌谣、谚语，进一步推动了民间歌谣的搜集整理及研究[②]。20世

① 谢保杰：《主体、想象与表达：1949—1966年工农兵写作的历史考察》，北京大学出版社，2015，第184页。

② 《中国民间文学集成工作手册》（中国民间文学集成总编委会办公室编，1987年）“歌谣集成编选中的几个具体问题”强调《中国歌谣集成》必须标明曲调并附必要的曲谱，提出“一首民歌的词和曲谱，是个有机的统一整体，缺了哪一部分都是不完整的。《中国歌谣集成》虽然侧重其文学价值，但为了让人了解一首歌的全貌，在欣赏其文学性的同时，也能了解其音乐的美，所以要附必要的曲谱。有不少民歌是一调多词的，有的民歌是即兴创作，如果每首歌词都附曲谱是不必要的重复和浪费，所以要求每首歌词后，必须标明它的调（令）名，而将这一地区广泛流传的有代表性的某些曲谱编附在后边，以便于人们了解歌谣的全貌和进行研究”。

纪80年代，伴随“文化热”以及民俗学、人类学、社会学的恢复，各地域、各民族民俗艺术遗产的挖掘与保护迅速兴起。20世纪90年代，各地域、各民族的民俗艺术交流活动频繁。在这一发展趋势下，一种既强调地理联结又关注文化特性的“共同体”逐渐形成，建构起丰富多维的地域文化图景。

21世纪以来，特别是“常山喝彩歌谣”“刘三姐歌谣”“歌会（四十八寨歌节）”“搬运号子（龙骨坡抬工号子）”“高邮歌谣”“那坡壮族歌谣”“川江号子”“紫阳歌谣”“桑植歌谣”等被列入国家级非物质文化遗产代表性项目名录之后，地方政府开始有意识地将民间歌谣纳入“地方政府文化记忆展示的新秩序”之中。如“2021翻阅中国民歌暨第六届乐享音乐节系列节目”以及河北省廊坊市广阳区第二届青少年文化艺术节等活动的举办，重新建构了民众对地方文化的“自我认同”。

21世纪初，“非物质文化遗产”话语进入中国后[①]，国家、省、市、县四级非物质文化遗产保护体系逐渐建立，“河间歌诗”“昌黎民歌”“平山民歌（尤家庄小唱）”“冀东民歌”等被列入非物质文化遗产代表性项目名录，非遗话语的“引入”，极大影响了河北歌谣的存续状态，亦推动了河北歌谣的发展。

---

① 穆昭阳：《中国民间故事搜集整理史研究——以1949—2010为例》，中央民族大学博士学位论文，2014年。

河北歌谣在交流、交融与共生中成为维系地方民众文化认同感的一种有效方式，地方政府围绕歌谣所做的景观建构及文旅开发只是叙事的表层，真正能够作为“支撑之物”的还是深蕴在歌谣内部的自强不息和艰苦奋斗的精神。歌谣创造性发展与创新性转化的过程，也是不断融入了民众日常生活实践的过程，歌谣也在历史与现实的交织、传承与超越中为中华民族共同体的凝铸提供了生命经验和情感纽带。

表 1–4 “河北歌谣”相关非物质文化遗产代表性项目名录

级别	项目名称	项目内容
国家级	昌黎民歌	昌黎民歌是流传于河北省东北部昌黎县的一种民间小调，产生年代可以追溯到元代，至今已有七百余年的历史。 按演唱内容分类，昌黎民歌包括劳动号子、故事传说、爱情、生活四大类型，演唱形式则有秧歌调、单口唱和对口篇三种。县境内地区不同，民歌类型的分布也不一样。东部沿海一带盛行劳动号子，南部地区山歌以秧歌调为主，西部地区与评剧的发源地滦县交界，单口篇和对口篇相对较多。其中东部沿海盛行的渔民号子代表着昌黎民歌的主流，民歌老艺人大多出生在东部地区，以演唱渔民号子而闻名。 昌黎民歌以当地方言为基础，用“土嗓子”演唱，这种唱法需要准确掌握卷舌音、嘟噜音、颤喉音、喉鼻音、补字音、滑音、装饰音、重尾音等八个环节的技巧。演唱时一般用二胡、扬琴、笙、琵琶、唢呐、笛子等民族乐器伴奏，如果是在村头院落演唱，只需一副竹板伴奏或一把二胡伴奏即可。昌黎民歌的旋律以徵调式居多，

续表

级别	项目名称	项目内容
国家级	昌黎民歌	其次是羽调式，宫调式较少，角调式最少，转调的曲子也较少，具有清新、优美、朴素的艺术风格。昌黎民歌具有深厚的文化底蕴，是昌黎县民间艺术的瑰宝。长期以来，昌黎县文化馆曾多次组织大规模的调查采访工作，共搜集传统民歌 155 首、劳动号子 7 首、叫卖调 5 首、抗日民歌 22 首，先后加工整理出《拣棉花》《茉莉花》《绣灯笼》《看小戏》等优秀作品。以曹玉俭为代表的民歌艺人表现出色，享誉一方。鉴于昌黎民歌的历史流传和发展状况，2000 年，昌黎县被文化部命名为“中国民歌之乡”。目前，昌黎民歌知名艺人大多已超过 60 岁，喜爱民歌的人群也大都在中年以上，在此情势下，昌黎民歌的传承出现了很大困难，就连许多民歌世家也面临着断代的危险，急需采取措施加以保护传承。②
国家级	河间歌诗	河间市地处河北省中南部的冀中平原腹地，因位于滹沱、中堡二河之间而得名（另一说为九河之间）。 《诗经》十五国风是先秦口头文学的经典代表之一。初传《诗》多家，鲁、齐、韩三家《诗》失传，只有《毛诗》一家传下来。毛诗由毛亨、毛苌叔侄二人传于世间，其发祥地就在今河北省河间市。秦始皇焚书坑儒，诸家经典多遭焚毁，荀子的弟子毛亨来到河间国武垣县（现在的河间市）隐居。他在整理古文《诗经》的基

② 昌黎民歌，中国非物质文化遗产网·中国非物质文化遗产数字博物馆，https://www.ihchina.cn/art/detail/id/12604.html。

续表

级别	项目名称	项目内容
国家级	河间歌诗	础上，开始作《诗经诂训传》。在《诗经》传播的同时，河间出现了歌诗。据载，“河间歌诗”起源于汉，历代相习。至今河间还流传着用古韵吟唱的《诗经》中的《关雎》《蓼莪》等民歌。 河间歌诗是汉代以来民间口头文学的杰出代表，河间诗经村等村落一直保留着吟唱《诗经》的“活态”文化。河间歌诗是一种古老的集民间文学、音乐于一体的综合艺术形式，是《诗经》以口头形式在民间千百年来传承不断的独特载体，也是当代《诗经》文化的重要组成部分。河间的《诗经》文化主要表现为：1. 歌诗的出现和流传；2. 在《诗经》传播过程中，衍生出了相关的历史人物传说和一些村名，形成地名文化；3. 元代修建的毛公书院曾培养出不少人才，留下了与《诗经》相关的历代诗、文、颂、联及碑刻；4. 在当地形成了爱诗、写诗、研究诗的悠久传统和浓厚的文化氛围，出现了诗人群体。 河间既是《毛诗》的发祥地，又是《诗经》文化的传授研究之地。一代又一代的《诗经》学者为《诗经》文化的发展作出了不可磨灭的贡献。自汉“古歌”到明代裘本固一直在传唱“河间歌诗”，传承脉络清楚。但如今传承人年事已高，难以为继，河间歌诗的传承亟待抢救和保护。③

③ 河间歌诗，中国非物质文化遗产网·中国非物质文化遗产数字博物馆，https://www.ihchina.cn/art/detail/id/12219.html。

续表

级别	项目名称	项目内容
河北省	平山民歌（尤家庄小唱）	尤家庄小唱的发源地——尤家庄村，历史上曾涌现出许多文化人才，文艺活动较为兴盛，是全县闻名的文化村。 尤家庄小唱迄今已有300多年的历史。始传于1688年2月，据说当年有一位来自山东的木匠名叫武奇仁，串村来到尤家庄干活，他不仅手艺精湛，还是一位功底深厚的艺人。后来武奇仁和村里艺人尤富荣共同创作，用踩高跷的形式，表演南极仙翁携童男童女赴王母娘娘蟠桃盛会的神话故事。 平山民歌（尤家庄小唱）位列省级“非遗”传统音乐类保护名录，曲调清新明快，旋律悠扬，运用的语言主要为接近平山方言的语调。歌曲以诙谐幽默为特色，它将民歌、器乐曲、高跷、舞蹈、表演糅合在一起。 尤家庄小唱曲风淳朴浑厚，舞风雅致文明，唱词内容与时代相辅相成，倡导和谐向善、教化特民众，蕴含着丰富的历史文化内涵，民族文化特质十分鲜明，具有很高的文化价值。④
河北省	冀东民歌	冀东地区古属孤竹国、燕国，后属右北平郡、辽西郡、永平府、唐山地区。这里曾归辽、金统治，是汉族和少数民族融合的地区。明初，

④ 《河北非遗——尤家庄小唱》，在平山，https://mp.weixin.qq.com/s?__biz=MzA3OTI4NDYwMw==&mid=2648278870&idx=2&sn=1db7ede650dca0fcc9e29d73118d422f&chksm=8798f742b0ef7e544cdba5383049df6c0c5286827e43b8053d219fb6fe5d5fcc3672ba5166f7&scene=27。

续表

级别	项目名称	项目内容
河北省	冀东民歌	曾有大量移民进入，所以文化具有多元性。目前收集到的大多是明清两代和民国初年的民歌。民歌艺人都是农民，多是农闲时自娱自乐的演唱。晚清时期，民歌艺人有成兆才、金菊花、任连会、孙凤鸣、金鸽子、海里蹦等，这些艺人从唱民歌到唱莲花落，以后成为评剧的第一代艺人。最有名的民歌艺人是光绪年间的常平和张成。他们在大蒲河成立了一个“海乐班”，专门收徒传授民歌。著名民歌演唱家曹玉俭就是他们的高徒。以后，刘荣德又拜曹玉俭为师，学到了冀东民歌的唱法和众多曲目。曹玉俭、刘荣德又在各地音乐院校讲授民歌。 冀东民歌在河北民歌大家族中，独树一帜，是一个相对独立的色彩区。从内容上讲，语言朴实、简练、生动，反映了劳动人民的思想和身边的事。随着民歌的口头流传，艺人不断创造新的民歌。从形式上讲，冀东民歌因其地区人口密集，语言柔和，所以属抒情型民歌。大都曲调婉转流畅，上挑下滑，技巧高超，并有丰富多彩的润腔方法，有感情润腔、力度润腔、速度润腔、连断润腔等。从调式上讲，以徵调式最多，依次还有羽调式、宫调式、商调式、角调式，另外还有离调、转调等各种方法。从曲体上讲，也比较齐全，有单乐段、复乐段、循环体、板腔体、联曲体等。在衬词、衬句上，也很独特，以长大见长，有不少冀东民歌有较长的拖腔。 冀东民歌是千百年来劳动人民智慧的结晶，历史的一面镜子，人民的心声，劳动人民的无字教科书，是研究当地人文、风俗、地理、历史、

续表

级别	项目名称	项目内容
河北省	冀东民歌	语言、道德等方面的重要渠道，是民族唱法的优秀载体，是音乐创作的源泉。[5]

六、歌谣研究的多维视角

“歌谣为民情之最真情的表现。昔设采诗之官，取街头之说，巷尾之言，以考核为政之得失，良有以也。”[6]20 世纪 20 年代以来，随着对歌谣研究工作的推进，研究者意识到：“非得亲自到民间去搜集不可；书本上的一点也靠不住；又是在民俗学中最忌讳的。每逢写在纸上，或著成书的，无论如何——至少著者也要读过一点书的。所以多少总有一点润色的地方，那便失了本来面目。而且无论怎样，文字决不能达到声调和情趣，一经写在纸上就不是他了”[7]。杨世清在《怎样研究歌谣》[8] 中认为歌谣研究大约可以分为四派：“（一）注重民俗方面，（二）注重音韵训诂方面，（三）注重教育方

⑤ 《走进非遗 遇见唐山——冀东民歌》，https://www.visitbeijing.com.cn/article/4CLIGL4ZLNf。

⑥ 平子：《河北南部歌谣中之妇女生活状况》，《中央时事周报》1934 年第 18 期。

⑦ 常惠：《我们为什么要研究歌谣》，《歌谣》周刊 1922 年第 2 期。

⑧ 杨世清：《怎样研究歌谣》，《歌谣》周刊 1923 年增刊。

面，（四）注重文艺方面。”在歌谣研究中，首先要注重歌谣中“音韵的美”，凑韵脚注重音节的歌谣，很难注出：“有些音节虽然可以勉强注出，然而总觉得不大自然；有些简直就注不出。退一步言，即使能完全注出，让一个口音不同的人去读，也决没有会唱的人唱得有趣。那么，这种音节的美，岂非是要是失掉一部或全部吗？”其次是演唱时的“姿势”问题，如“劳动歌”中声音与动作一致，这一类的歌曲，“我们在纸片上见到，却只是些歌词，和歌词同时表演的动作，仍然不明瞭。即让将表演的动作一一注出来，我们由纸片上所得到的领略程度，也决没有会表演的人的深刻……”。再次是歌谣的内容，与该地的风俗习惯有关，“它们发表的形式，又往往夹杂些方言土语。这种风俗习惯，方言土语，纵然注得狠详细，也往往不能使一个环境不同的人完全领略，也决没有本地人领略的深刻”。

这一时期，顾颉刚的吴歌研究勾勒出从歌谣采集、整理到研究、实践的完整图景，呈现出这一学术形态的内部逻辑及其限度。[①] 他在给《我对于研究歌谣的一点小小意见》[②] 的回信中专门提道：“研究歌谣不单在歌谣的本身，歌谣以上有戏

---

① 程梦稷：《从“新国风”到“歌谣学”——顾颉刚吴歌研究的回顾与思考》，《民俗研究》2022 年第 1 期。

② 舒大桢、顾颉刚：《我对于研究歌谣的一点小小意见》，《歌谣》周刊 1923 年第 38 期。

剧，乐歌，故事，歌谣以下有方音。方言，谚语，谜语，造成歌谣的背景有风俗，地文，生计，交通诸项。我们所有的材料，仅仅歌谣尚是极不完全，何况这许多项目？……”周作人在给刘经菴《歌谣与妇女》[1]作序时谈道：

> 歌谣的研究与神话传说一样有好几方面。这都是有长远的历史而现在流传于民间的，所以具有一种特异的性质，即是，他可以说是原始文学的遗迹，也是现代民众文学的一部分，我们可以从那里去考查余留着的蛮风古俗，一面也可看出民间儿女的心情，家庭社会中种种情状，作风俗调查的资料。有些有考据癖的朋友，把歌谣传说的抄本堆在书桌上，拉长了一篇篇的推究，要在里边寻出一高尚雅洁的文章的祖宗，或是找出吃人妻兽，拜树迎蛇等荒唐的迹象，写成一篇文论，于文化史的研究上放一道光明，这是一种办法，是我所极尊重的。或者有人拿去当《诗经》读，说这是上好的情诗，并且看出许多别的好处来，我虽然未必是属于这一派，但觉得这种办法也是别有意思。在这二者之外，或不如说二者之间，还有一种折中的方法，从歌谣这文艺

---

① 刘经菴：《歌谣与妇女》，商务印书馆，1928。

品中看出社会的意义来，实益与趣味两面都能顾到，在中国此刻歌谣研究刚才开始的时候，这类通俗的办法似乎是最为适当而且切要。

这种学术实践开辟出歌谣研究的新局面，为民间文学研究取得了学术意义上的合法性，但也有学者指出，这种“新局面”的获得终归只是“因为歌谣所能勾连起的历史、地理系统与新知识界建构文化共同体的宏大叙事一拍即合。在这一过程中，与其说歌谣成为独立、自足的研究对象，毋宁说是以‘歌谣’作为方法，将其转换为抽空了‘民间性’的抽象部件，拼合在新文化同人所构想的民族历史版图中”①。

从 1942 年《在延安文艺座谈会上的讲话》到 1953 年的民族识别与各民族历史调查，再到 20 世纪 80 年代“中国歌谣集成”的编辑出版，民间歌谣在中国文学史上的作用逐渐凸显。1942 年 11 月，吕骥在《民间音乐研究》第 1 期发表《中国民间音乐研究提纲》，该文第三部分谈到“民间音乐的范围”包括“民间劳动音乐”“民间歌曲音乐”“民间说唱音乐”“民间戏剧音乐”“民间风俗音乐”“民间舞蹈音乐”等。在 1982 年修改稿中，他进一步提出：

① 程梦稷：《从“新国风”到“歌谣学”——顾颉刚吴歌研究的回顾与思考》，《民俗研究》2022 年第 1 期。

（一）一般理论的问题

1. 民间音乐所反映的社会生活，及其对于人民思想感情的影响；

2. 从民间音乐所见到的中国人民的生活、思想及情感，各族人民表现思想、情感的不同方法与形式；

3. 从民间音乐所见到的人民的审美观点、民族语言和地方方言对于音乐的影响；

4. 民间宗教、风俗与民间音乐的关系及其相互的影响；

5. 各时期的宫廷贵族音乐与民间音乐的关系及其相互的影响；

6. 外族音乐与中国民间音乐的关系及其相互的影响；

7. 各种民间音乐的分布现状、相互的关系及其流传演变的历史；

8. 各地各种民间音乐的相互关系与影响；

9. 各族民间音乐的发展与改革方面的问题。

（二）专门的技术问题

1. 各种民间音乐的音阶、调式以及其曲调构成的研究；

2. 各种民间音乐的曲体形式及节奏构成的研究；

3. 各种民间音乐的演唱技术与表演技巧的研究；

4. 各种民间乐器的流传发展历史与演奏技术、流派特点的研究；

5. 各种民间乐队的组织形式与各种民间器乐在人民生活中所占的地位与作用；

6. 民间音乐的传统记谱法（包括声乐中假声、各种装饰音的记谱，吹乐器中的特殊吹奏法，弦乐器的特殊指法与弓法，各种打击乐器的各种特殊音色的演奏法与各种特殊节奏的记录法等等），各种记谱法的发展历史以及记谱法改革的研究。[①]

近年来，从田野到书斋，从文本到语境，从符号到影像，民间歌谣研究领域整体呈现出一种开拓创新的朝气，在“时代精神”和“问题语境”中不断生发自身，从多学科视域重新阐释或审视民间歌谣的文学性，并在民俗学、民族学、人类学、社会学等学科理论的支撑下，重审民间歌谣的当代价值。

---

① 吕骥：《中国民间音乐研究提纲（1982 年修改稿）》，《音乐研究》1982 年第 2 期。

第二章
河北歌谣类型及文化内涵

河北歌谣诞生于人民的真挚感情中，不仅具有多民族、多地域、多类型的特征，还呈现出一种自然淳朴、雅俗共赏的艺术气质。

基于人文地理学[①]的影响，根据河北歌谣的不同特点，河北全省可以划分为冀中（保定、石家庄、衡水、沧州、廊坊）、冀南（邯郸、邢台）、冀西北（张家口、承德）、冀东（唐山、秦皇岛）四个色彩区。

从地形地貌上说，冀中地区大部分为平原区，人口稠密，

① 人文地理学认为："人文现象的分布、变化、扩散以及人类活动的空间结构总要程度不等地受到相关地域、地貌、山川、江河、海洋、气候等地理因素的影响。地理现象的区域性差异制约着文化现象的区域性差异。"参见乔建中：《土地与歌》，上海音乐学院出版社，2009，第 262 页。

百业兴旺，西侧的涞源、阜平、平山、井陉一带则是属于太行山脉的山区，与山西相邻。东侧的东光、临西一带与山东接壤；黄骅一带则紧靠渤海湾，有较发达的渔业；冀东地区大部为平原，北部有部分山地丘陵，东南方位的乐亭、昌黎及秦皇岛一带则紧靠渤海湾。冀东地区的方言音调婉转，很富音乐性，因此冀东民歌大多旋律性较强，行腔多加润饰，东北民歌也多在冀东地区有它的变体形式存在；冀西北地区地势由西北向东南阶梯下降，其西北方为坝上高原区（张北、围场高原区），东南为地处华北、东北平原与内蒙古高原过渡带的燕山地区，地形复杂，既有起伏的山峦丘陵，也有承德、宣化等盆地；冀南地区地势自西向东呈阶梯状下降，以京广铁路为界，西部为中、低山丘陵地貌，东部为华北平原。[①] 冀中、冀南多小调而少山歌，冀西北多山歌，冀东的渔民号子很有特点。

一、河北歌谣的类型

民间歌谣内容丰富、种类繁多。“朱自清在《中国歌谣》一书中集结了十五种分类方法。例如，按地区可分为‘长安谣’‘京师谣’等；按语言可分为‘吴歌’‘粤讴’等；按时

---

① 齐易：《论河北民间音乐色彩区的划分》，《黄钟》（武汉音乐学院学报）2016 年第 1 期。

代可分为'周时谣''汉时谣'等；按歌唱者的职业又可分为'田歌''樵歌''牧歌''渔歌''采茶歌''夯歌'等。这些分类方法虽然各自有它们的作用，但就全面认识歌谣这个总类来说，仍然是有很大局限性的。"[①] 从民间歌谣的内容出发，结合特殊功能和服务对象，可将其分为：劳动歌、时政歌、历史传说故事歌、生活歌、情歌、仪式歌、儿歌七类。

（一）劳动歌

劳动歌包括各种号子、夯歌、田歌、矿工歌、伐木歌、搬运歌、采茶歌等所有直接反映劳动生活或协调劳动节奏的民歌。这是一种由体力劳动直接激发出来的民间歌谣，它伴随着劳动节奏歌唱，与劳动行为相结合，具有协调动作、指挥劳动、鼓舞情绪等特殊功能。

以渔民号子为例，主要分为海洋渔号和内陆渔号两种。如北戴河一带，渔民们用船把二三百米长的大网撒在浅海中，网的两端各拴一条大绳，每端有二三十人，用腰钩勾在大绳上，一面退行，一面拉网。如《大网拉绳号子》[②] 就是在进行这种作业时唱的。

---

① 钟敬文主编：《民间文学概论》，上海文艺出版社，2010，第240页。

② 郭文德、王艳霞主编：《冀东民歌》，苏州大学出版社，2019，第15页。

大网拉绳号子

（渔民号子）

1=F $\frac{2}{4}$

♩=90

秦皇岛市
杨庆有、杨惠中 唱
王玉珍 记谱

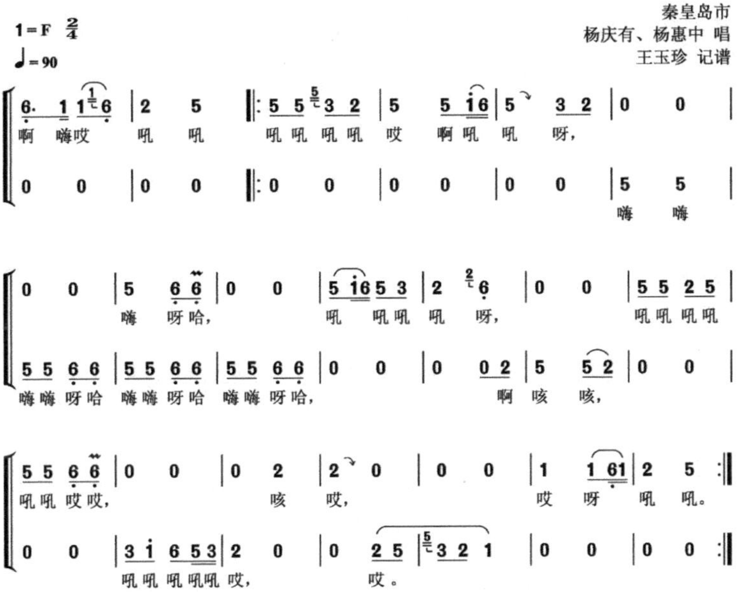

啊 嗨哎 吼 吼 吼吼 吼吼 哎 啊吼 吼 呀，

嗨 嗨

嗨 呀哈， 吼 吼吼 吼 呀， 吼吼 吼吼

嗨嗨 呀哈 嗨嗨 呀哈 嗨嗨 呀哈， 啊 咳 咳，

吼吼 哎哎， 咳 哎， 哎 呀 吼 吼。

吼吼 吼吼吼 哎， 哎。

内陆渔号主要用于内河、湖淀地区的捕捞活动，如，文安的《冬网号》具有小调的性质。打冬网是白洋淀、文安洼等水乡人们冬季捕鱼的集体劳动。入九以后，冰层冻厚，捕鱼作业即可开始。选定渔场后，用钢镩开槽，并打两排圆孔（本地人称之为马眼），用竹竿制成的“马”串出绠绳。拉网的人分成两股，倒退着行进，起初网不重，唱较平缓的《行绠号》，一拍退一步，一句退四步。随着网的分量逐渐加重，改唱《行硬绠号》，步履缓慢，一句退一步。百多丈长的大网在冰上画出一个鸭蛋形的圈子。见鱼后，渔民们高兴地常用绠绳甩打冰面，称“扇大绠”，此时唱《扇大绠号》。出网之后，重量减轻，脚步变快，改唱《出网号》（也称《太平号》）①。

太平号

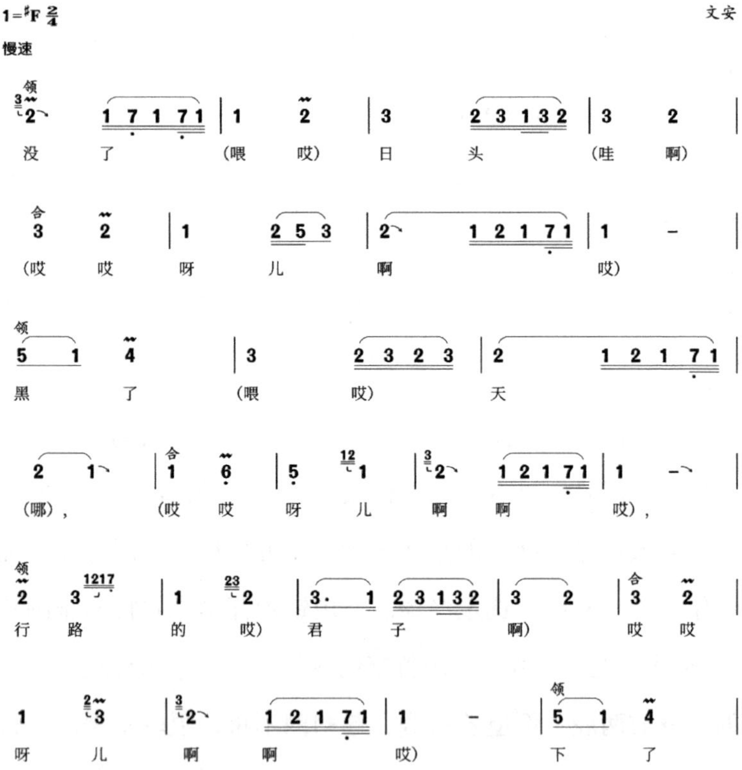

1=♯F $\frac{2}{4}$ 文安

慢速

领 没 了 （喂 哎） 日 头 （哇 啊）

合 （哎 哎 呀 儿 啊 哎）

领 黑 了 （喂 哎） 天

（哪）， 合 （哎 哎 呀 儿 啊 啊 哎），

领 行 路 的 哎） 君 子 啊） 合 哎 哎

呀 儿 啊 啊 哎） 领 下 了

① 江玉亭编著：《河北地方音乐》，河北科学技术出版社，1993，第21—22页。

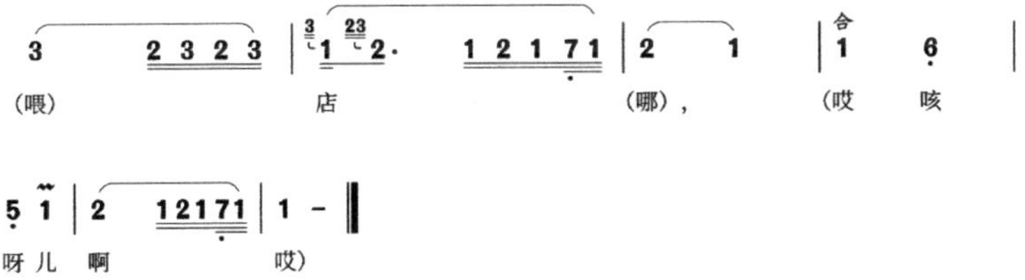

3 2323 | 1 2· 12171 | 2 1 | 1 6 |
(喂) 店 (哪)， (哎 咳

5 1 | 2 12171 | 1 – ‖
呀 儿 啊 哎)

此外，还有指导农业生产的“农事月令歌”，如《塞北二十四节气歌》《二十四节气农忙歌》《二十四节令歌》等。如流行于获鹿县的《二十四节气农活歌》[①]：

立春要倒粪，雨水粪送完。
惊蛰耕耙地，春分浇麦田。
清明育薯秧，谷雨快种棉。

立夏种芝麻，小满苗出全。
芒种收新麦，夏至快锄田。
小暑上追肥，大暑打棉尖。

立秋种白菜，处暑摘新棉。

① 《中国民间文学集成》全国编辑委员会、《中国歌谣集成·河北卷》编辑委员会、《中国歌谣集成》全国编辑委员会、《中国歌谣集成》各省编辑委员会：《中国歌谣集成·河北卷》，中国ISBN中心，2004，第9页。

白露要割谷，秋分种麦田。
霜前刨山药，冬前把地翻。

立冬收白菜，小雪找肥源。
大雪搞副业，冬至轧麦田。
大寒和小寒，二十四节完。

有时，劳动歌还会与民间传说相结合，如流传于保定市的《戏牡丹（小碓号子）》[①]：

吕洞宾八仙是一仙，
常背宝剑游江南，
他卖墨变成浪荡汉，
他练气修真戏过牡丹。
这一天他在尘世上转，
见一个药铺可大不凡，
他假装买药把药铺进，
故意要短甩刁难：
“先生你给我抓付药，

① 《中国民间文学集成》全国编辑委员会、《中国歌谣集成·河北卷》编辑委员会、《中国歌谣集成》全国编辑委员会、《中国歌谣集成》各省编辑委员会：《中国歌谣集成·河北卷》，中国 ISBN 中心，2004，第 27—28 页。

不知你药铺里全不全?”

“这是江南第一家,

你开出方子就拿得全。”

“我没笔开方凭口要,

一味一味我对你谈。

头一味要你的老来少,

二一味要你的父心宽,

三一味要你的甜如蜜,

四一味要你的比蜜甜,

五一味要你的黄连苦,

六一味要你的苦黄连,

七一味要你的家不散,

八一味要你的顺气丸,

九一味要你的难生子,

十一味要你的生子难。”

…… ……

此外,还有《织绣歌》《矿工歌》《工匠歌》《屠宰歌》《制毡歌》《拧蒲团》《捶房歌》……难以一一列举。[①]

---

① 常惠在《一年的回顾》(《歌谣》周刊1923年增刊)谈到“厂歌”“山歌”“秧歌”“农歌”“樵歌”“渔歌”“船歌”“牧歌”“采茶歌”“相成歌”“夯歌”“工歌”“行歌”,多为“劳动歌”。

（二）时政歌

时政歌反映了人们对某些政治事变、政治措施、政治人物以及与此相关的政治形势的基本认识和态度，表现了人民的政治理想和为此理想而斗争的精神。按其内容，分为讽刺歌和颂歌两类。如《衙门口儿朝南开》[①]讽刺了衙门中的不良风气：

衙门口儿朝南开，
有理无钱别进来；
有钱没理好办事，
财主能买“免事牌”。

再如《有理无钱少进来》[②]：

初一十五庙门开，
牛头马面两边排，
阎王爷就在上面坐，

---

① 《中国民间文学集成》全国编辑委员会、《中国歌谣集成·河北卷》编辑委员会、《中国歌谣集成》全国编辑委员会、《中国歌谣集成》各省编辑委员会：《中国歌谣集成·河北卷》，中国 ISBN 中心，2004，第 410 页。

② 同上。

小鬼拿着勾魂牌，

有理无钱少进来。

颂歌主要是人民群众对毛主席、共产党和社会主义的赞颂。如《太阳不落照太行》[①]：

太阳山下没太阳，

千年万载遭灾殃；

如今来了共产党，

撵走黑暗亮堂堂；

受苦人民翻了身，

太阳不落照太行。

（三）历史传说故事歌

历史传说故事歌是以某些历史、传说为主要内容的歌谣，是劳动大众对某些历史事件、历史人物发表看法、作出评价所经常采用的重要方式之一。内容广泛、形式多样。内容包括神仙、皇帝、忠臣、烈女、孝子等。

---

① 《中国民间文学集成》全国编辑委员会、《中国歌谣集成·河北卷》编辑委员会、《中国歌谣集成》全国编辑委员会、《中国歌谣集成》各省编辑委员会：《中国歌谣集成·河北卷》，中国ISBN中心，2004，第416页。

如《孟姜女哭长城》[1] 由“思夫”“寻夫”“哭夫”“守七”四个部分组成，歌谣富有诗意又带有生活趣味，其中“寻夫”一节：

正月里寻夫是新春，
辞别高堂二双亲。
包裹雨伞拿在手哇，
一心要奔万里城。
人家门前贴红对，
我家门前冷清清。
春风冷雨心头热哇，
鞋尖足小路难行。

二月里寻夫是春分，
燕子衔泥飞高门。
白日空中并翅飞呀，
晚来交颈同窝眠。
还记得万郎在家日，

---

① 《中国民间文学集成》全国编辑委员会、《中国歌谣集成·河北卷》编辑委员会、《中国歌谣集成》全国编辑委员会，《中国歌谣集成》各省编辑委员会：《中国歌谣集成·河北卷》，中国 ISBN 中心，2004，第 296—301 页。

奴与郎君去踏青。

春暖花开万般景呀，

郎携妹手笑盈盈。

…… ……

以民间故事为题材的还有《梁山伯与祝英台》《白娘子怨》《三皇姑出家》等。《吕洞宾抓药》在保定、唐山等地区均有流传，一些段落略有不同，如，唐山流传的《吕洞宾抓药》（演唱者：徐照和，采录者：陈艳菊）吕洞宾的草药方为："头一味药神无主 / 第二味药苦难言 / 第三味药无价宝 / 第四味药大无边 / 第五味药民安乐 / 第六味药太平年 / 第七味药更稀奇，巧妇难做无米饭。"白娘子拿药为："亡国之人神无主 / 有家难奔苦难言 / 科学本是无价宝 / 知识本是大无边 / 国家富强民安乐，安定团结太平年 / 巧女难做无米炊 / 缺了调料味不全。"①

此外，历史传说故事歌对历史上的重大事件亦有所涉及。如，1936 年《歌谣》周刊刊载一则"塞北歌谣"《义和团》②，

---

① 《中国民间文学集成》全国编辑委员会、《中国歌谣集成·河北卷》编辑委员会、《中国歌谣集成》全国编辑委员会、《中国歌谣集成》各省编辑委员会：《中国歌谣集成·河北卷》，中国 ISBN 中心，2004，第 311 页。

② 宗丕风：《塞北歌谣：义和团》，《歌谣》周刊 1936 年第 35 期。

其后特别注明此为形容清末义和团闹乱的情形：

义和团，红灯罩，
一心要灭天主教。
拆洋楼，拉铁道，
电信杆子全不要。

（四）生活歌

这类歌谣内容丰富驳杂，反映广大民众日常生活和家庭生活状况以及他们的人生态度、人生经验，主要有苦难歌、家事歌、后母歌、童婚歌、骂媒人歌、劝教歌、生活知识歌、风土歌等。

如，以月份、季节和五更为时间线与民歌创作结合的时序体民歌，包括“十二月体”“四季体”“五更体”等，它将源自大众的生活经验转换成民间歌谣进行审美表达。如，《旧社会农民十二月》《长工苦》《姑娘十二恨》等。其中“十二月体”自明清以后传播最广，它的歌词便以“月”为分节单位，将一件事或物分十二个段落作完整的描述。它最早可以追溯到《诗经》中的《七月》，深刻、生动、活泼地将古代的农业社会的面目和农民欢愉、愁苦及怨恨全都表白出来。比如“十二月花名”采取问答式，从正月唱到腊月，既传授了自然知识，又具有欢快活泼的情趣。

流行于滦南县的冀东小调《长工苦》[1]，反映了饱受地主压迫的农民阶级对悲惨社会现实的哭诉。歌词通过对长工在十二个月中艰辛工作却不得温饱的细腻、具体地描绘，表现了长工内心的不平和愤恨。

正月里来天渐长，
正月十七就把工来上，
上了工来不把别的做呀，
捣冻粪，把草铡。
套上车来把粪拉，
挑水扫院捎带着。

二月里来龙抬头，
家家户户把麦子勾。
勾上麦子没有空闲儿，
零碎活计在眼前。
种菜翻地把种拣，
连拉垫脚带把粪送。

① 《中国民间文学集成》全国编辑委员会、《中国歌谣集成·河北卷》编辑委员会、《中国歌谣集成》全国编辑委员会、《中国歌谣集成》各省编辑委员会:《中国歌谣集成·河北卷》，中国 ISBN 中心，2004，第 70 页。

三月里来是清明，
家家户户都把地种。
伙伴们扛犁去种地，
下小雨，刮大风，
风里雨里不停工，
哪天吃饭都得到点灯。
…… ……

这首歌的题材近于《诗经·豳风·七月》，同样是以月令起头，历数长工一年四季生活在凄风苦雨中的辛酸与痛楚，以叙事为主要表达方式，是一种无奈的告白，痛苦的呻吟，愤懑的控诉。

旧社会的封建礼教及婚姻制度，在歌谣中亦有所体现，如反映小丈夫、童养媳这方面的歌谣《十八的大姐三岁的郎》①：

十八的大姐三岁的郎，
夜夜抱郎上牙床；
“不是爹娘双双在，

① 《中国民间文学集成》全国编辑委员会、《中国歌谣集成·河北卷》编辑委员会、《中国歌谣集成》全国编辑委员会、《中国歌谣集成》各省编辑委员会：《中国歌谣集成·河北卷》，中国 ISBN 中心，2004，第 126 页。

你做儿来我做娘。”

十八的大姐三岁的郎，
把屎把尿上了床，
半夜三更要吃奶，
啪啪给他两巴掌：
“我是你的妻，
不是你的娘！”

十八的大姐三岁的郎，
错配姻缘怨爹娘，
说他是郎年又小，
说他是儿不叫娘。

再如流行于承德的《活人睡在死人边》[①]：

风吹荷叶飘飘然，
姐大郎小不周全，
等郎几年花要谢，

① 《中国民间文学集成》全国编辑委员会、《中国歌谣集成·河北卷》编辑委员会、《中国歌谣集成》全国编辑委员会、《中国歌谣集成》各省编辑委员会：《中国歌谣集成·河北卷》，中国ISBN中心，2004，第128页。

活人睡在死人边。

生活歌中还有一类反映妓女悲惨生活的歌谣，如，《妓女悲秋》中“恨爹娘不该将奴卖出手”，《烟花女思乡》中“哥哥见我生的好，毒计一生卖了我”，《妓女告状》中“十一岁卖在妓院里，十二岁接客又开怀”等。

（五）情歌

歌唱男女之间爱情生活的民间歌谣，基本涵盖了男女之间恋情的各个阶段，如试探、相识、爱慕、赞美、求爱、初恋、热恋、拒绝、离别、留恋、思念、失恋等。

如试探情人的“郎在山上唱山歌，妹在屋里织绫罗，猫儿上去蹬断线，梭子落地打了脚”；赞美情人美貌的“鸡蛋圆脸粉套红，柳叶细眉杏子眼”；男女之间表达思慕之情的“山在水在石头在，人家都在你不在，白天黑夜都想你，弄得小妹把相思害”。

这些妇女的生活和状态在歌谣中可以得到更真切更实际地刻画：“她们的人生凄楚，她们的性爱的悲愤和愿望，都漓漓地从歌声里传出来”。[①] 如《大姐爱我我爱她》“豆角子开花哩哩啦啦，大姐爱我我爱她。大姐爱我年纪小，我爱大姐那

① 亚葵：《妇女与家庭：从歌谣中去检讨农村妇女生活》，《绸缪月刊》1936 年第 5 期。

对脚”。这首歌谣流传于清末民初，当时妇女还时兴缠足，人们大多以三寸金莲为美。

20 世纪 30 年代中后期，晋察冀边区流传的妇女歌谣也成为抗战动员话语的一种，如《妻子送郎上战场》《俺送情哥到平山》《做双鞋子送情哥》等。这里幸福的爱情已经成为一种鼓舞革命的力量，人们把爱情与革命、国家及理想等联系起来，既是情歌也是新社会、新生活的赞歌。

（六）仪式歌

仪式歌是民众在祈福禳灾、过节贺喜、祭神送葬等仪式活动上所唱的歌曲，具体可分为诀术歌、节令歌、礼俗歌等。

诀术歌是巫术或祭神仪式上吟诵的一种歌诀。如《求雨歌》《扫扫炕底就下雨》《打打打，狮子头》都是人们祈雨时所唱歌谣。再如小孩子受到惊吓昏迷不醒时唱的《叫魂》[①]歌谣：

灶家爷，本姓张，
孩子没魂你经掌。

---

① 《中国民间文学集成》全国编辑委员会、《中国歌谣集成·河北卷》编辑委员会、《中国歌谣集成》全国编辑委员会、《中国歌谣集成》各省编辑委员会：《中国歌谣集成·河北卷》，中国 ISBN 中心，2004，第 229 页。

灶家奶奶本姓李，

孩子没魂就找你！

此外，还有孩子患病或哭夜的时候，人们就会在街头巷尾张贴“天皇皇，夜皇皇，我家有个夜哭郎，行路的君子念三遍，一夜睡到大天亮。天红红，夜红红，我家有个女花容，行路的君子念三遍，一夜睡到大天明”[①]之类的诀术歌。

节令歌是庆祝节日或描述节令的歌谣。如邯郸地区歌谣：“糖瓜祭灶二十三，离过年，整八天。二十四，写大字；二十五，做豆腐；二十六，蒸馒头；二十七，赶集上店买东西；二十八，把猪杀；二十九，做黄酒；三十，家家户户捏扁食；年年一个大初一，串家串户都作揖。”[②]

张家口地区正月十五除了耍社火、扭秧歌、闹花灯外，还流传着“查灯道四句”的习俗。正月十五前，由临时组织“三官社”选下在村里有威信又有文才的人当“灯官”。秧歌和灯会每到一处，灯官都要有针对性地唱一番或道个“四句”。唱词是即兴现编，大都是祝贺和歌颂性的，也有讽刺

---

① 《中国民间文学集成》全国编辑委员会、《中国歌谣集成·河北卷》编辑委员会、《中国歌谣集成》全国编辑委员会、《中国歌谣集成》各省编辑委员会：《中国歌谣集成·河北卷》，中国 ISBN 中心，2004，第 228—229 页。

② 同上，第 192 页。

意味的。如对有钱有势大户人家说“高门石柱四合院，后世兴旺吃官饭。顷亩水地羊满圈，年进粮食月进钱”；对勤劳耕作人家说“祖祖辈辈庄稼汉，田地里面有经验。锄耧浇灌抢时间，定叫粮食打万石”；对半耕半读人家说“半耕半读守孝廉，老子有才儿能干。处事公正人夸赞，长寿进宝万万年”；对讽刺斗牙的说“赵掌柜子能打会算，请上你东跑西窜。骑毛驴比马跑得还欢，省草料又省盘缠”；对侮辱灯官的说“灯吏上任头一年，一条薛狗打截拦。不是卫兵苦相劝，打得癣狗无处钻”①。

礼俗歌是在婚礼、祝寿、送葬等人生重要阶段时表示祝福的歌谣。如过去塞北一带娶亲时，花轿抬到男方门口时，新娘下轿，直到进了院拜天地（也叫拜花堂），司仪（喝礼人）要边撒笆斗里装的喂牲口的碎草截儿、高粱、黑豆、铜钱、红枣等，边唱下亲歌。如，成安县流传的《下轿撒草料歌》②：

一撒天地位，

二撒鬼神惊，

---

① 《中国民间文学集成》全国编辑委员会、《中国歌谣集成·河北卷》编辑委员会、《中国歌谣集成》全国编辑委员会、《中国歌谣集成》各省编辑委员会：《中国歌谣集成·河北卷》，中国ISBN中心，2004，第198—199页。

② 同上，第205页。

三撒桃花女，
四撒周明公，
五撒白虎退，
六撒青龙星，
七撒新娘喜，
八撒儿女兴，
九撒床帐安，
十撒喜乘龙，
洞房花烛夜，
人人笑盈盈。

再如，承德地区流传的歌谣《开光喜歌》：①

开眼光，看八方，
开鼻光，闻供香，
开嘴光，吃供香，
开耳光，听八方，
开心光，心豁亮，
开手光，抓供香，

① 《中国民间文学集成》全国编辑委员会、《中国歌谣集成·河北卷》编辑委员会、《中国歌谣集成》全国编辑委员会、《中国歌谣集成》各省编辑委员会：《中国歌谣集成·河北卷》，中国ISBN中心，2004，第216页。

开脚光，上天堂。

此歌谣记载的“开光”仪式是丧葬中的一个程序：死者入棺前，由死者的爱子一手端凉水，一手用棉花（把新棉花绑到筷头上），在死者两眼上擦一擦，叫“开光”。目的是死者到阴间能看到并认得阴曹地府的门，好去进鬼门关。

（七）儿歌

儿歌是一种在儿童中间长期流传、广泛传唱的韵语体式的口头短歌。儿歌以其天真烂漫的话语和浪漫的想象，给人以美好的遐想。按其功用可分为哄教歌、游戏歌、事物歌数类。

哄教歌主要是由母亲们唱的有关哄逗和教诲婴儿的歌谣，如，《打麻胡儿》[①]（回族）：

高粱叶子哗啦啦，
小孩儿睡觉要找妈。
姥姥拍拍睡觉吧，
麻胡儿来了我打它。

---

① 《中国民间文学集成》全国编辑委员会、《中国歌谣集成·河北卷》编辑委员会、《中国歌谣集成》全国编辑委员会、《中国歌谣集成》各省编辑委员会：《中国歌谣集成·河北卷》，中国ISBN中心，2004，第425页。

游戏歌是儿童在玩耍时吟唱的歌谣，节奏明快，朗朗上口。如，“打冰嘎”是北方一种冰上游戏，“冰嘎”是一种用冰块磨成的上尖下圆的东西。用小鞭子一打，转得特别快。丰宁流传着歌谣《打冰嘎》[1]：

小冰嘎，尖又圆。
一根鞭子打着转，
一转二转连三转，
转来转去看不见。

再如，游戏“抓石子”，一般是三四个人玩，石子是由比较好的石料打制而成，一般为五枚。所谓“抓”，是先把其中一子抛起，同时抓取余下石子中的一枚，抛一次抓一次，抓完为止。抓石子中一旦出现失误，即停止，轮换为第二个人开始抓。所唱的歌谣多种多样，如，灵寿的《抓石子歌》[2]：

你一我一，平分土地。
你二我二，上学识字。

---

① 《中国民间文学集成》全国编辑委员会、《中国歌谣集成·河北卷》编辑委员会、《中国歌谣集成》全国编辑委员会、《中国歌谣集成》各省编辑委员会：《中国歌谣集成·河北卷》，中国ISBN中心，2004，第442页。

② 同上，第439页。

你三我三，双手搬砖。

你四我四，毛笔写字。

你五我五，吹笛打鼓。

你六我六，杀猪吃肉。

你七我七，养蜂筛蜜。

你八我八，小脚莲花。

你九我九，场场过斗，

你十我十，喜鹊登枝。

事物歌生动而简明地传授着各种生活常识。如，《手》："一棵树，五个杈，要吃要穿全靠它。要问此物哪里有，原来就是两只手。"[①]《数腿儿》："小黑鸡儿两条腿，大黄牛四条腿儿；小蚂蚁六条腿儿，大黑蜘蛛八条腿儿；蚯蚓鳝鱼几条腿儿？蚯蚓鳝鱼没有腿儿。"[②]

二、河北歌谣的文化内涵

民间歌谣是一种民间艺术形式，凡是艺术品首先就具有

---

① 《中国民间文学集成》全国编辑委员会、《中国歌谣集成·河北卷》编辑委员会、《中国歌谣集成》全国编辑委员会、《中国歌谣集成》各省编辑委员会：《中国歌谣集成·河北卷》，中国ISBN中心，2004，第471页。

② 同上，第475页。

审美愉悦功能。民间文化是中华民族精神和情感的重要载体，是民族亲和力与凝聚力的纽带。[①]

（一）运河流域的劳动歌

大运河河北段是中国大运河的重要组成部分，涵盖沧州、廊坊、衡水、邢台、邯郸及雄安新区 5 市 1 区的 21 个县（区、市），与大运河相关的各类遗存 300 余处，衍生文物遗存 26 处，省级以上非物质文化遗产 400 余项。“河北大运河文化，受沿线城市商贸、漕运、手工业、农业的影响，以燕赵文化为主体，吸纳了荆楚文化、吴越文化，形成了具有兼容性、多元性、开放性的文化，在历史上产生了深远的影响。”[②]

1. 歌谣与历史

隋炀帝开凿的大运河的功过留待后世评说，但其开凿运河的历史已然随着运河的流动传播南北。如《隋炀帝时舟者歌》是隋炀帝第三次游扬州时拉纤民夫所唱，全诗哀婉悲戚，情致深长，“我兄征辽东，饿死青山下。今我挽龙舟，又困隋堤道”诸语，使人读来痛彻心扉。而“天下饥”“无些小”“三千程”极言路程之悠远，以纤夫之饥馁反衬人命之轻

① 潘祥辉：《“歌以咏政”：作为舆论机制的先秦歌谣及其政治传播功能》，《新闻与传播研究》2017 年第 6 期。

② 杜浩、王保超：《河北大运河文化带发展策略研究》，武汉大学出版社，2022，序言第 2 页。

贱。此首民歌短小精悍，以一位普通纤夫的视角切入，见微知著，展现了这一历史时期统治阶层对民众的压迫与荼毒。

此外，还有记录历代封建统治者经由运河南下的运河童谣，如：

大运河，长连天，隋炀帝，当拉纤；拉着王朝向南走，一路荒淫被泪淹。

大运河，生命线，元帝国，挥如鞭；运粮运兵运财宝，横征天下到末年。

大运河，形似辫，挂清代，背脊间；乾隆六次下江南，龙舟过后惨一片。

大运河，龙闪现，今人民，当神钎；撬动东方沉睡狮，猛然跃起惊西天。

此首童谣名为《大运河，龙闪现》，古代的“龙”代指帝王，从隋炀帝到元帝国，再到乾隆，无论朝代兴盛与否，百姓始终身处水深火热之中，正可谓“兴，百姓苦；亡，百姓苦”。

中华人民共和国成立后，运河流域的人民在党和人民政府的领导下，一改往日“稻禾只有小凳高，三颗稻粒结到梢”“咬口生姜喝口醋，丢下镰刀咽糠麸”的苦难生活，在衣食无忧的幸福生活中，诞生了《诗歌滚滚像海洋》的优美歌谣：

泥洼洼，山岗岗，金坡银水绿山庄；歌谣快板庄稼话，满山满树满院墙。

山顶唱起牧羊歌，白云朵朵飘上天；山腰唱起采桑曲，好像飞瀑淙淙响。

饲养员的小曲印上报，牧鹅的孩子会写文章；哪里有劳动哪里有歌，钉耙镢头都会唱。

路上的歌儿用车驮，水上的歌儿用船装；千车万船装不下，诗歌滚滚像海洋。

我们可以看到，运河歌谣连缀着人们所经历过的历史，当人们身处运河之上，来到民众曾经到过的地方，感受着他们的辛酸苦痛与热情昂扬，此时与彼时在“看不见的河床”——运河歌谣中得以联结。运河歌谣既是历史的见证，也在不断地重新书写和建构着历史。

2. 歌谣与生活

运河对生活在其沿岸的民众来说，不仅仅是哺育他们的“母亲河”，更是他们赖以谋生的根本，运河沿岸流传着大量记载了民众生产、生活的歌谣。如,《中国歌谣集成·河北卷》中的《渔家忙》[①]：

---

① 《中国民间文学集成》全国编辑委员会、《中国歌谣集成·河北卷》编辑委员会、《中国歌谣集成》全国编辑委员会、《中国歌谣集成》各省编辑委员会:《中国歌谣集成·河北卷》，中国 ISBN 中心，2004，第 17 页。

傍岸边鳞鳞界桩，

西南风起各家忙。

农家合酿渔家醪，

不识旗租与御粮。

打“界桩”为渔家旧俗，西南风一起，渔家便纷纷打鱼交租，末句“不识旗租与御粮”道出了渔家生活的艰难。而流传故城县的《运河拉船号子》[①] 则带有一种天然质朴的情感表达：

不顶风，流不急，

悠悠拉，步要齐，

看河边，洗衣女，

十七八，好年纪；

低着头，搓又洗，

咱喊号，她不理。

怎么办？听我的，

撞三步，看仔细，

那小妮，笑嘻嘻，

抬起头，甩辫子。

---

① 《中国民间文学集成》全国编辑委员会、《中国歌谣集成·河北卷》编辑委员会、《中国歌谣集成》全国编辑委员会、《中国歌谣集成》各省编辑委员会：《中国歌谣集成·河北卷》，中国 ISBN 中心，2004，第 21 页。

红嘴唇，白玉齿；
杏仁眼，叫人迷，
一朵花，照水里。
饱眼福，长力气，
过回流，腿绷直。
猫下腰，闯过去。
喂—啦—喂……

歌曲塑造了一个淳朴、娇憨、颇带几分豪爽的洗衣女形象，她“红嘴唇，白玉齿；杏仁眼，叫人迷”，面对纤夫的善意调笑，她依旧“笑嘻嘻”，纤夫对洗衣女的美丽也抱有一种欣赏的态度，“饱眼福，长力气”，歌谣寥寥数语，使运河沿岸民众平静美好的日常生活图景跃然于纸上。

此外，还有反映运河沿岸渔夫苦难生活的《渔民苦》[①]一歌：

渔民苦，渔民难，
黄连蒲根泪水煮。
号子喊到天傍亮，

---

① 《中国民间文学集成》全国编辑委员会、《中国歌谣集成·河北卷》编辑委员会、《中国歌谣集成》全国编辑委员会、《中国歌谣集成》各省编辑委员会：《中国歌谣集成·河北卷》，中国 ISBN 中心，2004，第 75 页。

孩子哭到五更鼓。

渔民苦，渔民苦，
刀剁中指卖肉骨。
孩子上市比鱼贱，
五岁的孩子五斤谷。

渔民苦，渔民苦，
渔民没有安身处。
一到夜晚蹲庙堂，
白天讨饭把门数。

歌谣中的蒲根是臭蒲的根，比黄连还苦，反映的便是饱受压迫的渔民对悲惨社会现实的哭诉，表现了他们内心的不平和愤恨。还有《码头歌谣》中“一家三代在码头，磨破三代老肩头，重货压顶低下头，直不起腰来弯膝头”；《渔民生在虎穴边》中“风暴一来命难持”“一家大小惊又啼”，只能求上天怜悯，“轻风细浪鱼儿肥”，使“全家老小不会饥”。这类歌谣还有很多，如《渔民难》《十二月渔民歌》《运河号子》《纤夫曲》《渔汛歌》等，内容丰富，一般来说主要有三类，反映广大民众日常生活、劳动经验的歌谣；诉说苦难的歌谣，体现世事民情的歌谣。

3. 歌谣与民俗

运河沿岸的歌谣还包含了当地信仰民俗、礼仪民俗、生产民俗的演述，如，流传在大名县的《龙女传》[1]讲述了刘员外家的小儿媳妇原本是“要饭女”，后被刘员外认作干闺女，后来因为不肯在婚宴上跪拜刘员外，被其责骂。然后大家才得知这个“要饭女”身份不凡，是东海龙王的女儿，因故被贬下凡。龙女在刘家当家三年，报答刘员外救命的恩德，保他“辈辈不受贫”。这首歌谣体现了居住运河沿岸龙王信仰的兴盛，其中还描述了家族中关于婚配的民俗礼仪，如拜寿时的行礼顺序，不孝父母送官问罪等。歌谣《有女莫嫁打鱼郎》，告诫少女不要嫁给打鱼郎，因为这些打鱼郎“半夜三更补破网，补好破网又开船，开船碰到水强盗，一夜艰辛又白忙”；歌谣《满网鱼虾满网歌》中阿妹和阿哥共同劳作的场景的描写：“阿妹伴哥把网拖”“越拖越深网越沉”；流传在运河沿岸的《船工号子》中还有对“二郎神”“四海龙王”“伍子胥”“苏秦”“八仙过海”等民间传说的传唱：

太阳出来一点红，二郎溪中擒孽龙。

---

① 《中国民间文学集成》全国编辑委员会、《中国歌谣集成·河北卷》编辑委员会、《中国歌谣集成》全国编辑委员会、《中国歌谣集成》各省编辑委员会：《中国歌谣集成·河北卷》，中国 ISBN 中心，2004，第 316—317 页。

三人结拜情谊重，四海龙王在水中。

伍子胥过关斗过勇，苏秦六国把相封。

七岁安安把米送，八仙过海显神通。

久走江湖人称勇，十载寒窗苦用功。

此外，《冀州谣》[①] 等歌谣则与当地的物质生产民俗密切相关：

古冀州，

三种宝，

破砖烂瓦蒺藜草，

干走碱，湿走沙，

不干不湿走漫洼；

淹了吃小鱼儿，

旱了吃地梨儿，

不淹不旱吃麦子儿。

“蒺藜”为一年生草本植物，果实有刺，可入药，主治头痛、风痒等。在河道泛滥的年份，就吃“小鱼儿”，河道干

---

① 《中国民间文学集成》全国编辑委员会、《中国歌谣集成·河北卷》编辑委员会、《中国歌谣集成》全国编辑委员会、《中国歌谣集成》各省编辑委员会：《中国歌谣集成·河北卷》，中国 ISBN 中心，2004，第 183 页。

涸的年份，就吃“地梨儿”。地梨儿是一种多年生宿根野草，多见于京津冀一带的洼淀沼泽。据《文安县志》载，地梨儿分为“人、猪两种”，只有“人地梨”可作充饥之物，味甘脆，类荸荠，生熟可食。此物随水而生，“旬日遍郊野”，可作灾民之食。再如，《十二月鱼鲜》中有“龙灯鱼儿”“刀鱼”“黄花鱼”“勒鱼”“马鲛”“条鱼”“支鱼”“带鱼”等渔产的介绍。

（二）义和团歌谣的历史叙述

河北歌谣以互动中循环的方式不断涌现，构建并维系社会、民族的文化认同。它们所传达的历史观和价值观经过沉淀，进入民众的文化记忆之中。河北歌谣不仅对革命时期的社会生活图景予以还原，还能够使民众对某个地域、某段历史的既有认知变得更为客观且充实。

如义和团系列歌谣中的《妇女不梳头》“妇女不梳头，砍了洋人头；妇女不裹脚，杀尽洋人笑”中记载了妇女在义和团运动时，广泛地参加战斗的历史，她们在“红灯照”“蓝灯照”“青灯照”“黑灯照”等组织中[①]，妇女不梳头，不裹脚，

---

① 红灯照主要是一些青年女子，青灯照多为寡妇，蓝灯照基本上是中年妇女，黑灯照为老年妇女。参见黎仁凯主编：《直隶义和团调查资料选编》，河北教育出版社，2001，第 7 页。

表现反抗清王朝封建统治的决心及参加战斗的现实考量。有几首歌谣说明了红灯照的战斗情况："别看咱是小家女，不搽胭脂不抹粉，跟着师姐去上阵，敢抡大刀砍洋鬼"，"红灯照，提红灯，杀洋人，打官兵"，"身穿一身红，手提小灯笼，骑着大白马，上阵打冲锋，打败洋毛子，冲散大清兵"。[①]

流传于前河间县的《为了一块大山药》[②]"为什么奉教？为了一块大山药！为什么念经？为了一棵大葱！为什么奉教？为了钱两吊！"这首歌谣真实地反映了清朝末年一些外国传教士在河间、献县、静海、衡水等地给钱给粮收买教徒的情况，充分表现了中国人民对帝国主义进行宗教文化侵略活动的愤慨及对那些没骨气的中国人的蔑视。据张士杰回忆：

> 在廊坊一带，义和团的打击目标主要是教会势力。在我们这儿，民间信仰是儒、道、佛三家，外国人来这儿传教，绝大多数的人是不愿入教的。外国传教士就想方设法，用各种手段使人入教。那时，入教可得到四五块北洋造，全家都入教还可多得。

---

① 黎仁凯主编：《直隶义和团调查资料选编》，河北教育出版社，2001，第 8 页。

② 《中国民间文学集成》全国编辑委员会、《中国歌谣集成·河北卷》编辑委员会、《中国歌谣集成》全国编辑委员会、《中国歌谣集成》各省编辑委员会：《中国歌谣集成·河北卷》，中国 ISBN 中心，2004，第 340 页。

外国教士还办一些慈善事业，如施舍饭食、衣衫，用小恩小惠来拉拢人。

…… ……

有些地方冬三月闲来无事，百姓们便到教堂读《圣经》，念祷告，也干一点活儿。这样便可以吃顿饭。那时有一首歌谣说的就是这种情形："天主，我的主，鸡蛋大白薯，一天一顿饭，白水煮葫芦。"①

再如，流传于廊坊市的《力无穷，法无边》"红灯照，义和拳，力无穷，法无边。拆铁道，拔线杆。枪无药，炮无弹，灭洋人，尸相连。人神喜，鸡犬安，歌大有，庆丰年。"②歌谣中的"力无穷，法无边"是在群体性大规模的降神附体仪式中实现的，如，黎仁凯主编的《直隶义和团调查资料选编》记录了西于坻村王占元口述自己 14 岁时在本村参加义和团的经历：

入团不许吃葱蒜，不许喝酒，不许偷盗，不许

---

① 黎仁凯主编：《直隶义和团调查资料选编》，河北教育出版社，2001，第 12 页。

② 《中国民间文学集成》全国编辑委员会、《中国歌谣集成·河北卷》编辑委员会、《中国歌谣集成》全国编辑委员会、《中国歌谣集成》各省编辑委员会：《中国歌谣集成·河北卷》，中国 ISBN 中心，2004，第 345 页。

打骂父母、欺凌长辈，不许妄言乱语、冲撞神坛。先沐浴斋戒，申表疏，参神瞻礼，行三拜九叩，请神拜佛。请的是鸿钧老祖、孙膑、关夫子、杨二郎、李天王、哪吒、孙行者，喝了符就打喷嚏附体了。这符是用朱砂画在黄表上一个人形，无手无足，非神非妖。喝下去心情缭乱，浑身舒张打起拳来。请神时念："天灵灵，地灵灵，我请祖师来显灵。金刚神护体，冷云佛护身。刀枪不能入，炮火不能侵，太上老君急急如律令。"念毕喊"刀来"。①

"在义和团运动的大背景下，降神附体满足了个体（私人）多方面的需求（具体需求因人而异），这是 19 世纪最后数年义和团降神附体发展成为群体（公众）性现象的一个主要原因。"② 如，歌谣《好似天兵降九霄》"义和团，红灯照，不怕枪来不怕刀。音乐响，法器敲，好似天兵降九霄"；《打落垡》"义和团，打落垡，壮大寺后上了法，洋枪一打法不灵，多少弟兄不回家。煤栈去认尸，妻老全扔下"；《巧神姑》"巧神姑，捉洋鬼，你抱头来我绑腿。东一口来西一口，

① 黎仁凯主编：《直隶义和团调查资料选编》，河北教育出版社，2001，第 117 页。

② ［美］柯文：《历史三调：作为事件、经历和神话的义和团（典藏版）》，杜继东译，社会科学文献出版社，2015，第 115 页。

三嘴吞了活洋鬼”；《义和团快附体》“义和团快附体，见了财主眼挤。义和团快附体，又有高粱又有米”等。义和团降神附体活动的文化模式和使用的文化语言，带有中国民间戏剧的痕迹，请来的神灵能使民众产生巨大的精神力量。“如同中国的其他地区以及降神附体占重要地位的其他文化环境中的情况一样，降神后的义和团的个性和状态都会发生实质性的变化，他们从悲惨的境遇中暂时解脱出来，把自己等同于‘传奇故事和历史中的富人和强人’。”[①] 那种蛰伏在民众意识伸出的浪漫的想象力在这种降神附体仪式中得到了极大的发挥，最终，“一种超级乌托邦式的想象力迫使他们走上一条想象性法术抗敌的不归路”[②]。如，刘孟扬《天津拳匪变乱纪事》中记录了庚子年夏的战斗情况：

> 六月初一早，枪声止。洋人仍修铁路，系通北京者。匪党传云：租界某洋楼上，洋人甚多，有某老师用法术点化，楼上洋人皆自相凶杀，死者不少。又有人传云：某洋楼上有许多洋人，曹老师在楼下，从腰中掏出青铜钱一把，向楼下一掷，洋人首级皆

---

① [美]柯文：《历史三调：作为事件、经历和神话的义和团（典藏版）》，杜继东译，社会科学文献出版社，2015，第 118 页。

② 路云亭：《义和团仪式的风俗学考察》，《中国文化研究》2009 年第 3 期。

堕落。又见某楼上有洋人，随用柴棒向上一挥，洋人首级，亦皆落下。问曰："汝亲见否。"曰："吾亲眼得见，并非虚言。"于是皆相信为神。[1]

（三）河北歌谣与"新女性"的诞生

河北歌谣扎根"燕赵文化"，其豪迈、苍凉之美深深地融汇其中，颇有慷慨悲歌的燕赵之遗风。以廊坊大城县为例，1938 年县内开始建立"歌咏队""秧歌队"及"霸王鞭队"等文艺演唱队伍，用群众喜闻乐见的曲调加上抗日新歌词，在群众中广泛传唱。如，《耕者有其田》以歌谣的形式宣传农业生产政策"众位老乡亲那哈，听我说分明呐哈，咱们要实行，耕者有其田"。而《打大城》《敌人闹饥荒》《任河大支队》《缝棉衣》《武装保卫华北》《翻身十二月》《为什么开小差》《妇女参军》《大翻身》《减租减息歌》《妇女翻身》《参军十劝》等歌谣反映了各个历史时期的革命生活。此外，还有大量内容为积极参军参战，歌颂工农红军的革命歌谣，记录了许多父送子、妻送郎、兄弟相争当红军的动人场面。如，《抗日参军歌》描绘了青年男性听说抗战扩兵消息，主动报

① 刘孟扬：《天津拳匪变乱纪事》，《义和团》（第 2 册），第 24 页。转引自路云亭：《义和团仪式的风俗学考察》，《中国文化研究》2009 年第 3 期。

名，爹妈姐妹来送行，“劝我多立功”的故事。由此可见，由于河北地区卓有成效的革命动员工作，“劝郎当红军”“劝儿当红军”一时间蔚然成风，发展壮大了红军力量。而歌谣《小孩不离娘》则用“小孩不离娘”“瓜儿不离秧”比拟“冀中的人民离不开共产党”，最后一个乐句反复“你是瓜儿的秧”“你是孩子的娘”“冀中的人民哪，离不开共产党”，生动地刻画了广大民众与共产党之间的军民鱼水深情，亦表现了民众对共产党的热爱和依恋。再如，《妇女翻身》对农村妇女生活的真切刻画：“中国的妇女们，每天在屋里，婆婆常打骂，每天服侍着”“丈夫心也狠，还嫌不随心”。歌谣记载了农村妇女真切的哀号和愿望，这不仅启发着“这广大的中国农村社会中的妇女生活”，更暗含着“农村妇女运动”中的妇女教育理念。“来了八路军，妇女才翻身，学习有精神，妇女也参军，勇敢上战场，去打小日本”反映了这一时期的革命生活，加速了妇女走向社会的进程，这也是妇女从家庭内部空间“解放”的过程。妇女因为积极参加革命的原因，获得了交际及新生活的可能。

1. 女性意识的觉醒：识字运动中的通俗实践

20 世纪初，随着西方妇女解放运动思潮传入中国，中国妇女运动逐渐兴起，一批妇女运动的先驱，禁缠足、兴女学、办女报、结女社，开展启蒙运动。妇女识字的重要性开始凸显，《中央妇女宣传科妇女运动宣传计划大纲》中规定“宣传的方法”，文字类的包括“传单”“标语”“小册子”“定期刊物”，要求文字浅近，“说话要动听”“最好加以绘图”。宣传类别包括“学生”“女工”“农妇”“女商”“妓女”五类。[①]此时的学人提出“惟妇女格外需要识字，惟妇女能作识字运动”的口号。[②]社英在《妇运中之识字运动》一文中认为妇女运动之根本问题，“固在普及女子教育”，“而普及女子教育之基础，尤在识字运动”[③]，识字运动作为七项运动[④]之首，虽在其具体措施中有兴办“识字学校”“妇女识字学校”“农人识字班”等举措，但并未发生具体效力，据此，时人提出“应由各乡村以及城市多备绘图列说之简单图画”，四处张贴，“凡有妇女来观者，必指授说明之，能回讲认识其字至若干以上者，赠予家庭应用物件，以为奖励”。“书画迭为更换，或印送分散，使其自由在家习认：不在其有高深知识，只须能识其家人姓名，以及应用之衣物……”[⑤]鉴于识字运动开展中遇

---

① 《中央妇女宣传科妇女运动宣传计划大纲》，《福建党务半月刊》1927年第8期。

② 淡云：《妇女识字运动》，《妇女共鸣》1936年第1期。

③ 社英：《妇运中之识字运动》，《妇女共鸣》1931年第55期。

④ “七项运动”分别为“识字运动”“造林运动”“造路运动”“保甲运动”“合作运动”“卫生运动”“提倡国货运动”。具体参见天任：《七项运动概论（未完）》，《七项运动》1930年第32期。

⑤ 社英：《妇运中之识字运动》，《妇女共鸣》1931年第55期。

到的种种问题，时人认为：

课文须十分浅显明白，只要照文读去，便能完全懂得意义，这才能使民众易于了解且乐意学习。反之，课文太深了，教师既然不容易讲解清楚，民众更是不易明了，于是感觉学习的困难，识字的兴趣，因之冷淡下去，甚而至于不愿继续识字，是常有的现象。

据此，学人提出课文应注重“通俗化”“浅易化”，“最好能用民众口语来写”，如运用歌谣、故事这种“有韵的民间文艺”，这种“民众最喜欢而最适当的读品”，应该多予采用。[①] 如陈维远在《粤东妇女的识字大众化》一文中谈道：粤东地区“一位六十多岁的老婆婆”常常拿着一本“木鱼书（用通俗粤语写成的故事本子）”读给她的孩儿们听。[②]

这一时期，由青年会劳工干事和左翼革命知识分子组成的夜校教师主动将歌谣这类民间文艺资源通过讲、唱、听、演、看等形式运用到“激发女工的自觉乃至阶级意识”中来，如吕骥在《回忆左翼剧联音乐小组》中谈到他曾到女工夜校

① 詹凯城：《识字课本的编辑问题》，《中央日报》1935 年 10 月 25 日第 11 版。

② 陈维远：《粤东妇女的识字大众化》，《玲珑》1934 年第 4 期。

教唱歌的经历，此前，他曾与任光、安娥一同研究过社会上的音乐活动情况，认为聂耳和田汉合写的歌剧《扬子江暴风雨》中“以蒲风的词谱曲的《码头工人歌》《打桩歌》和以田汉谱曲的《前进歌》”具有新的风格，“是人民的呼声，是民族的呐喊”。其后，吕骥在聂耳的追悼会上，将几个夜校的几十个女工集中起来，演唱《新女性》电影的主题歌，“这件事情的本身说明在左翼剧联领导下的革命音乐运动，有了一个新的飞跃”，吕骥认为“这个新的实践进一步证明了聂耳的歌曲开辟了音乐与工人群众相结合的广阔道路”[①]。

20世纪30年代中后期，妇女识字班、女工识字学校、战时妇女识字歌咏速成班等组织陆续成立，各地陆续出版了一些妇女识字教材，如冀鲁豫边区保安司令部政治部编印的《妇女识字课本》：

> 中国大，日本小，我人多，他人少，日本强，中国弱，不讲理，胡侵略，七月七，开了仗，争自由，求解放，国要亡，家不存，我同胞，难做人，快剪发，快放脚，身体壮，精神好，穿布衣，吃粗粮，又舒服，又省钱……

据编者按：原书是用有光纸油印的，每课都有插图，“现

---

① 吕骥：《吕骥文选（下集）》，人民音乐出版社，1988，第99页。

在我们把课文印在这里，以见游击区域的工作并不是专打游击战，而是各部门都有的。这一册课本是用韵文写成，根据的是方音，所以‘弱’‘略’相叶，‘鱼’‘助’同韵”。原书附有“编后语”，说明本书的编辑旨趣和教学方法[①]。

2．“翻身”与“翻心”：社会教育与妇女解放

1937年以后，中国文艺及其创作所面临的环境发生了变化，“大规模的由都市向边缘地区的文化流动”，带来了文化中心的转移、读者群及社会环境的变迁。[②]知识分子面对的不再是大都市的以文字为传播媒介的群体，而是不识字、与西方文化基本隔绝的大后方民众，在这一语境下，识字运动突破了“书写文字”和“印刷媒体”的限制，拓展到歌谣、戏剧、版画、黑板报、年画等“视听文化”的领域，通过挖掘、书写这些先前被压抑的、沉默的声音，识字运动试图赋予文字以“可视”“可听”“可感”的形式，以此实现“感官的再分配”（redistribution of the sensible）。

这一时期农村妇女的生活与精神依旧处于困顿状态。针对这一问题，中国共产党领导的“边区妇女解放运动”以边区妇女为中心，涉及文化教育、放足、改革婚俗、妇女参政

---

① 《妇女识字课本》，《抗到底》1939年第23期。

② 汪晖：《地方形式、方言土语与抗日时期“民族形式”的论争》，《现代中国思想的兴起》（下），生活·读书·新知三联书店，2008，第1500页。

议政等方面。[①]在妇女教育中起到举足轻重地位的当属以“冬学”“夜学”“半日班”“识字小组”等社会教育，政府不仅在法令上明文规定了妇女受教育的权利，而且从各个方面保证在妇女中实施“免费的成年和儿童的教育”，1939年，仅仅是延安、延长、延川、庆现四个县就“建立了一千二百六十个妇女识字小组，动员了七千八百一十六人参加识字，还建立了为妇女便于工作的半日学习小组，建立有二百一十九处半日学校，有二千九百四十六人参加念书”。[②]陕甘宁边区还组织了宣传队、歌咏队及小先生教育团：

> 利用各种集会、庙会，采取访问或讲话的方式，经过边区妇联会在各县通过妇女识字小组，妇女半日学校，妇女短期训练班，向广大农村妇女灌输儿童保育常识，及抗战保育意义。[③]

此外，边区还积极举办“妇女生活展览会”，主要分

---

① 何毅、姜东苑：《中国共产党领导陕甘宁边区妇女解放运动的历史审视》，《西南民族大学学报》（人文社会科学版）2021年第10期。

② 苏华：《获得民主权利的陕甘宁边区的妇女》，引自陕西省妇联：《陕甘宁边区妇女运动文献资料·续集》，1985年，内部资料，第103页。

③ 张晓梅：《陕甘宁战时儿童保育分会工作概况》，引自陕西省妇联：《陕甘宁边区妇女运动文献资料·续集》，1985年，内部资料，第90页。

为“妇女与抗战”“妇女与生产”“妇女与学习”“妇女与文化”“妇女与卫生”“苏联妇女”六个部分[①]，会上“几十幅的连环图画，将妇女生活从原始时代——母权时代——封建时代，半殖民地半封建的中国——及今日自由幸福的生活”做了系统介绍，在第一、第八展览室内，陈列着绣花、剪花、编织等民间艺术作品，在这些作品中亦可看到妇女思想的转变，从“洛阳访才子，江岭作游人，闻说梅花早，何如此地春”到“共赴国难”“天下兴亡”“东狼已进”，“麒麟送子”向“民族英雄”字样的转变，我们可以看到，政府利用传统公共空间举办展览会的行为也是一种社会教育行为，经由手工艺作品的展示，原本蕴含其中的民俗符号“展示”中与国家认同产生了直接的互动与交流。[②]

在这些形式多样的社会教育中，“冬学”作为“一种利用冬季农闲时间开办的季节性学校”，相较于其他形式的社会教育来说具有极大的便利和优势，它内嵌于乡村社会，是妇女教育、妇女参加生产教育、妇女革命意识教育的重要媒

---

① 琴秋：《延安怎样筹备今年的“三八”节》，引自陕西省妇联：《陕甘宁边区妇女运动文献资料·续集》，1985 年，内部资料，第 128 页。

② 郁文：《在妇女生活展览会上》，引自陕西省妇联：《陕甘宁边区妇女运动文献资料·续集》，1985 年，内部资料，第 152 页。

介。[1] 在冬学运动中，广大妇女以独特的方式参与并接受教育。对于她们来说，知识的获得不仅是思想上的“翻身”，更是形塑了一种崭新的女性形象，在“阶级—性别”的身份转换中，她们开始尝试获得与男性平等的劳作地位。“在从前稍为富裕人家的妇女，大都把她们的光阴消磨在抹纸牌，扯闲谈，串门子中，而贫困人家的妇女，则又在忙于年关债务的清偿和准备过年了”，由于战争的影响，妇女“决不能与过去相比”，必须加强妇女运动的力量，而冬学则是“吸收妇女参加短时期学习的最好、最宝贵的机会”。[2] 到了 1945 年，冬学已经在具体实践的基础上发挥了高度的创造性，“从具体群众的具体需要出发”，“要学啥就教啥”：

> 如妇女有病娃娃养不活，心闷识不下字，一经发觉之后，就改教妇婴卫生，附带识字，一般除教字外，也依群众需要讲讲时事。[3]

---

① 张慧瑜：《“火车头”：作为基层传播媒介的冬学运动及其对妇女翻身的影响——以晋冀鲁豫根据地（1937—1948）为例》，《妇女研究论丛》2023 年第 2 期。

② 《号召妇女同胞参加冬学运动》，引自陕西省妇联：《陕甘宁边区妇女运动文献资料·续集》，1985 年，内部资料，第 83 页。

③ 《边府关于冬学的指示（一九四五年十月二十三日）》，引自陕西省妇联：《陕甘宁边区妇女运动文献资料·续集》，1985 年，内部资料，第 365 页。

授课内容的改变也对教师的讲课方式提出了新的要求：讲课方式要灵活变通，有些课文被编成快板，“一面讲一面唱”，有些在授课前需要讲个与课文有关的故事。在课文的讲述中要注重通俗，用“故事化”的方式讲述时事。如流行于河北丰润的《也要大胆写诗篇》“上了民校三十天，也要大胆写诗篇；虽然白菜豆腐粉，粗茶淡饭味儿鲜”；流行于河北定县的《地头作课堂》“地头作课堂，地面作黑板，妈妈是学生，女儿是教员，学生写不好，老师开了言：‘我学针线活，怎么说的俺？’学生不吭声，抹掉继续练。”边区民众纷纷编写歌谣，如被重新编写的《四季歌》：

春季里来哟地气阳，开荒下籽真正忙，你有牛羊我有人，大家变工有力量，哎咳哎咳哎咳哟，大家变工有力量。

夏季里来哟庄稼青，变工对哟锄地增，大家锄地来竞赛，看谁争先当英雄。

秋季里来哟庄稼黄，大家变工收秋忙，收回担回赶快碾，装在囤里心才安。

冬季里来哟农事闲，延安政府派教员，冬学到处大家办，男女老少把书念。[①]

---

① 人民教育社辑：《农民识字教育的组织形式和教学方法》，新华书店，1950，第108页。

《四季歌》保留了传统民歌中的“节奏样式”，以一种新的意象来编织叙事，表达民众真实的情感需求与政治体悟，改作后的歌谣具有某种“先在的节奏图示”，人们在传唱的时候也依旧能够被唤起“耳熟能详的感官愉悦”，并在听觉记忆的参与中，歌谣中关于农业生产、参加冬学等话语表述变得易于记诵，即使有些民众不理解其中的“竞赛”“英雄”“教员”等词语，但他们依旧能够在熟悉、亲近的旋律节奏中将这些语汇内化为自身认识，正如朱自清在《歌谣里的重叠》中所言：“歌谣以重叠为生命……重叠为了强调，也为了记忆”。[①] 在歌谣的改编与传唱中，改编者、歌谣文本与传统之间构成了一种微妙复杂的关系。对于口头节奏的把握可以看作一种“记忆术”，冬学教育中，编写教材的过程就是从民间俗语、歌谣、小调中汲取、吸收，再用符合地方方言言说习惯及节奏的方式加以组合，这些被精心设计的组合又“回流”入民众之中，成为新的口头传统。

3.“大跃进”运动中的“女英雄”

中华人民共和国成立后，随着妇女解放、婚姻自主等一系列政策法律的颁布，在“敢教日月换新天”的社会变革中，“新妇女”的形象和具体人物在国家层面被设定，“妇女什么

---

① 朱自清：《论雅俗共赏》，生活·读书·新知三联书店，1998，第 85 页。

都能干，什么都干得好”“人人都生产，户户无闲人”等口号激励着城乡各界妇女积极投入[①]到即将到来的“大跃进”浪潮中。

当时河北农村流传着一首《妇女大跃进之歌》：

> 妇女同志们，个个逞英豪，五八年大跃进，人人立功劳；开渠又打井，水库修不少，全体老幼，都把农活学。
>
> …… ……
>
> 男子去建设，农活误不了，春耕播种，按时要做到；争取大丰收，产量少不了，社会主义建设，妇女立功劳。[②]

这种生产的壮志豪情借助新民歌得到了宣泄和抒发。如，河北前丰润县登坞乡一群十六岁到二十岁的年轻姑娘，支援前刘家营乡完成抗旱播种任务，村里的农民和干部贴了三十

---

① 但这种“积极的行动”并非没有阻力，“一个年轻妻子夜晚开完会回家时，经常遇到这种情形：公公已把家门锁了，婆婆骂骂咧咧，也没有给她留饭菜，丈夫要么闷不作声，要么对她恶言恶语或暴力相向”。具体参见［美］贺萧：《记忆的性别：农村妇女和中国集体化历史》，张赟译，人民出版社，2017，第141页。

② 中央音乐学院民族音乐研究所编辑：《中国民歌选（第三集）大跃进民歌专集》，音乐出版社，1958，第16—17页。

多张大字报表扬他们，《歌颂女英雄》是其中的一张：

五月遍地开红花，穆桂英队到咱家；号鼓齐鸣人心动，抗旱大军人人夸；红旗闪闪遮日月，个个胸前带红花；互相支援力量大，天下人民是一家。[①]

“女英雄”作为一种崭新的女性形象，符合国家对理想妇女的期待，妇女得以进入革命建设宏大叙事的先决条件是在劳作中与男性“并驾齐驱”。在色彩鲜明的政治宣传画中，女性短暂脱离了“男性中心主义”而成为图像叙事的主角，建构了一种理想化的女性形象，她们有着健康红润的面庞和积极进步的思想，朴素的衣服包裹着她们敦实有力的身体，展现出不输于男性的劳作能力。妇女的进步与解放也会遇到一些来自家庭内部的阻力，“一个年轻妻子夜晚开完会回家时，经常遇到这种情形：公公已把家门锁了，婆婆骂骂咧咧，也没有给她留饭菜，丈夫要么闷不作声，要么对她恶言恶语或暴力相向”[②]。“一些丈夫已同意他们的妻子平等，但又坚持要求她们做男子所做的同样的重体力劳动，而不管他们的体格

① 上海文艺出版社编：《新歌谣和革命传说专辑·民间文学集刊第五本》，上海文艺出版社，1959，第 114 页。

② ［美］贺萧：《记忆的性别：农村妇女和中国集体化历史》，张赟译，人民出版社，2017，第 141 页。

如何。”[①] 但这些并未阻止妇女运动的开展，这一时期，在阶级意识与集体自觉的影响下，妇女的自我意识不断觉醒。这种觉醒，虽然尚处于较为“肤浅的社会化的自我”需求，随着《婚姻法》的施行，妇女在新中国的社会革新运动中逐渐成长为一支新的力量。[②] 在《婚姻法》的贯彻实施中，“由人民法院的工作人员和民主妇联和青年团组成”的工作队，派到农村帮助就地解决婚姻纠纷，并通过戏剧来显示法律的价值。

> ……在华北，婚姻法全文用大字写在城市墙壁上作为提醒……在华东，去年有一千五百万农民参加的冬学，特别讲授婚姻法……赵树理的短篇小说《小二黑结婚》拍成了电影，编成了歌剧上演。[③]

我们可以看到，民间文学仿佛一个巨大的“磁场”，经由歌谣、故事、图画及影像等多种艺术形式召唤出国家话语形塑中的“新女性”主体，这一主体的建构具有新中国发展的特殊性，融汇了时代特有的程式化与典型性，如流传于张

---

① [美]斯诺:《中国新女性》，康敬贻、姜桂英译，中国新闻出版社，1985，第66页。

② 郑康奇:《婚姻法实践前后的妇女境遇——以1953年陕西省婚姻法运动月为中心》，《法律史评论》2021年第2期。

③ [美]斯诺:《中国新女性》，康敬贻、姜桂英译，中国新闻出版社，1985，第70页。

北县的《反对买卖婚姻》：

我村有个王大妈，她有个闺女刚十八，今春给女儿找了主（呀），为的是早早把钱花。

王大妈是个糊涂妈，要了彩礼五百八，狐皮帽子灯芯绒，三石莜麦是捎搭。

她的闺女王桂花，劳动能干戴红花，李二娃二十岁，劳动积极爱社如家。

王桂花她决心大，悄悄爱上了李二娃，婚姻大事自做主，坚决不听糊涂妈。

桂花她，叫妈妈，不该把我当牛马。买卖婚姻害死人，封建包办去掉它。

糊涂妈她没了法，灰溜溜地退钱去啦，桂花二娃订了婚，一对模范人人夸。①

（四）历史传说故事歌的文化价值

以中国民间故事为原型的歌谣，不仅深受人民大众的欢迎喜爱，而且也渗透到地方戏曲、评书唱词、文学作品、戏剧、影视作品等其他文艺形式中，具有长久的生命力和广泛

① 《中国民间歌曲集成》全国编辑委员会、《中国民间歌曲集成·河北卷》编辑委员会：《中国民间歌曲集成·河北卷（上、下册）》，中国ISBN中心出版，1995，第1175—1176页。

的影响。在这一过程中我们能够看到民间文化、精英文化、主导文化、大众文化之间的复杂张力以及民族地域差异和社会历史进程的印记。[①]

如宁晋歌谣《丰收车儿桥上走》[②]：

赵州桥，鲁班修，
工程坚固冠九州，
柴王推车桥上走，
仅仅轧了小浅沟，
丰收车儿桥上走，
压得桥儿颤悠悠。

此歌谣词句及韵律皆源自历史传说故事歌《小放牛》，《小放牛》演唱内容为村姑向牧童问路，牧童故意向村姑提出问题，二人的问答内容丰富多样，其中涉及民间传说，极具地方特色。歌谣《小放牛》[③] 主要流传在冀中：

---

① 匡秋爽：《近世“梁祝”歌谣的文人化及其学术史进路》，《山东社会科学》2020 年第 1 期。

② 河北省民间文学研究会编：《河北歌谣》，百花文艺出版社，1961，第 59 页。

③ 《中国民间文学集成》全国编辑委员会、《中国歌谣集成·河北卷》编辑委员会、《中国歌谣集成》全国编辑委员会、《中国歌谣集成》各省编辑委员会：《中国歌谣集成·河北卷》，中国 ISBN 中心，2004，第 306 页。

赵州桥来什么人修？

玉石栏杆什么人留？

什么人骑驴桥上走？

什么人推车轧了一趟沟（么一呀咳）？

赵州桥来鲁班修，

玉石栏杆圣人留。

张果老骑驴桥上走，

柴王爷推车轧了一趟沟。

《小放牛》曲调是“典型的上、下的结构关系，一、三乐句第二小节的后半拍起唱，一下子活跃了乐意；而第三乐句第一小节的下五度移位，使情绪略微一转，增加了旋律的动力”①。

歌谣中的赵州桥（安济桥）横跨在河北省赵县境内的洨河之上，它始建于隋开皇十一至十九年（591—599），是当今世界上现存最早、保存最完整的古代敞肩单孔石拱桥。赵州桥雄伟而壮阔，全长50.82米，两端宽9.6米，中部略窄，宽9米。唐中书令张嘉贞说它“制造奇特，人不知其所以为”。桥上栏板雕刻技艺精湛、典雅、古朴、大方、美观，独

① 乔建中：《中国经典民歌鉴赏指南》，上海音乐出版社，2002，第9页。

具艺术特色，开创雕刻史之先河。唐代张鷟称其为“初月出云，长虹饮涧”。

元代《夷坚新闻续志》载：

> 赵州城南有石桥一座，乃鲁班所造，极坚固，意谓古今无第二手矣。忽其州有神姓张骑驴而过桥，张神笑曰“此桥石坚而柱壮，如我过能无震动乎？”于是登桥而桥摇动若倾状。鲁班在下以两手托定而坚状如故。至今桥上则有张驴所乘驴之头尾及四足痕，桥下则有鲁班两手痕。此古老相传他文未载，故及之。①

自此，“张果老试桥”“鲁班修桥”构成了赵州桥传说的最基本情节，并与柴王爷共同出现在歌谣《小放牛》中。柴王为五代后周的周世宗柴荣，为人明达英果，“其英武之材可谓雄杰，及其虚心听呐，用人不疑”，时人评为“贤主”。歌谣的传唱使传说愈加完整与确定，表达了民众对于传说人物及贤能君主的崇敬与赞美，也呼应了民众对赵州桥的“神异”想象。中华人民共和国成立之后，“为人民大众”的文艺样式与实践活动在全国范围内推广，歌谣等民间文学资源被纳入“革命中国”的构建中，突出其“革命性”“人民性”特征。

---

① 袁珂：《中国神话通论》，四川人民出版社，2019，第383页。

如，《丰收车儿桥上走》中的“丰收车儿桥上走，压得桥儿颤悠悠”凸显了当地人民的冲天干劲儿和忘我劳动，与此歌谣有着异曲同工之妙的还有流传于邯郸的歌谣《高粱长到织女家》“社里高粱长得大，长到天宫织女家，织女探头窗外望，撞了一头高粱花”。还有宣传“除四害”政策的《孙猴下界记》讲述孙猴变成麻雀和苍蝇来到人间，却人人喊打，孙猴“唤来土地问其详”“土地带笑把话言：如今人人除四害，捕蝇灭雀不新鲜”。此外，还有宣扬“大生产运动”的《气死龙王》[①]：

正在大殿没好气，几年香火没人理，有心发它一场水，五堡大坝过不去；有心三年不下雨，清水流过跃进渠，左思右想没主意，互听四处人声起，拆庙搬砖建高炉，龙王气死变成泥。

正如司马云杰所言：“原来渊源不同、性质不同以及目标取向、价值取向不同的文化，经过相互接近、彼此协调，它们的内容与形式、性质与功能以及价值取向、目标取向等也就不断修正，发生变化，特别是为共同适应社会的需要，往往渐渐融合，组成新的文化体系。”[②]沿用民间故事人物、情节

① 河北省民间文学研究会编：《河北歌谣》，百花文艺出版社，1961，第106页。

② 司马云杰：《文化社会学》，华夏出版社，2011，第307页。

及结构的歌谣，在细节处理中都融入了“地方”的生活境况、风俗习惯、价值取向等元素。

如昌黎民歌《白娘子怨》[①]：

哭了一声那狠心的夫，
全然不想以往当初。
曾记得在西湖，
搭船借伞与你成夫妇。

你本是一位寒儒，
孤苦一位贫夫。
奴家好心将你帮扶，
奴与你备银两，
镇江口开了一座生药铺。

你还是心不足，
吃的是珍肴住的是洁净屋，
穿的是绫罗缎，

---

① 《中国民间文学集成》全国编辑委员会、《中国歌谣集成·河北卷》编辑委员会、《中国歌谣集成》全国编辑委员会、《中国歌谣集成》各省编辑委员会：《中国歌谣集成·河北卷》，中国 ISBN 中心，2004，第 304—305 页。

乐的本是花园夜宿同欢舞。
痴心谁像奴，
五月端阳雄黄酒毒。
酒醉后现原形，
吓死官人归阴路。
险些吓煞奴，
舍命盗丹搭救夫主。
战白鹤盗来还阳草，
搭救官人还阳路。

还阳你心疑惑，
终日犯踌躇。
你说奴是妖怪，
不进奴的房屋。
白娘子斩断白绫帕，
解去官人疑心处。

病好你去游西湖，
金山还愿抛下我主仆。
最可恨那法海僧，
留下那个许郎金山住。
小青那气不服，

奴也是恋丈夫，
水淹金山结下仇，
无故地害黎民，
才惹得那神佛怒。

儿啊你别哭，
为娘与你做个兜兜。
娘的儿穿在身，
从此你才跟你父。

回头叫丈夫，
为奴将你托付，
娇儿幼小神气不足，
日久后长成人，
千万莫把功名误。
长大叫他读书，
倘若是做高官光宗耀祖，
他给奴烧张纸，
死后也瞑目。

此歌谣基于“白蛇传”故事加以衍生，语言质朴生动，情节鲜活有趣，人物个性鲜明，地域特色显著。歌谣融合

“借伞”“现形”“盗仙草”“水淹金山”等情节，并留下了希望儿子“做高官光宗耀祖”的期盼。刘雁声在《白蛇传的演变》①一文中认为，这一故事最早见于冯梦龙的《西湖佳话》②，又见于《三言》中的《警世通言》。明人另有《白蛇记》传奇，据《曲海总目提要》所载，是浙江人郑国轩编，是明初旧本，后改写为《鸾钗记》。《白蛇记》叙刘相字汉卿，救白蛇放生，以致贵显。《鸾钗记》与《白蛇记》稍差，叙刘栋字汉卿与继母离合，往监修万里长城：为秦丞相李斯所信任的故事。《白蛇记》记刘相的妻是王氏，《鸾钗记》记刘栋的妻是严氏。两记所载虽不同，但按前者所命名为《白蛇记》，有误为白娘子故事。“总之，白蛇故事，可谓离合悲欢，对于许宣，并无相害的意思。假使以异类成婚视之，亦未为不可。但熟知成此一段恶果，衍成西湖的一个名胜所在。但是若干年下来，占住社会的脑筋，成为民众流传的一种故事，也是不容易并未可轻视的。”③

---

① 刘雁声：《白蛇传的演变》，《新民报半月刊》1941 年第 11 期。

② 据学者考证，“白蛇传”故事的雏形最早可见于唐代《白蛇记》记载李璜及李琯之事。参见毛巧晖：《“白蛇传”故事讲述中的话语嬗变与文化共生》，《贵州民族大学学报》（哲学社会科学版）2021 年第 4 期。

③ 刘雁声：《白蛇传的演变》，《新民报半月刊》1941 年第 11 期。

民国年间，以“白蛇传”故事为内容的通俗文艺创作层出不穷，并逐渐与端午节俗相联系。“雷峰塔说，千古同悲，前岁塔圮，西子黄妃与白氏虽明知无关，而不免为之一快，故曰白蛇传不特于民间有偌大势力，即在文学上言亦自有其相当价值也。”

> 白蛇传不特本事甚佳，编成剧本亦正不恶。断桥，为昆剧中佳构，与皮黄之祭塔同为好悲剧，金川寺之打出手，亦为武旦剧之最富于节奏和调之美者。自来不看应节戏，欲看，亦只雷峰塔，差可一观耳。[①]

这里提到的《白蛇传》一名“盗仙草”，又名“雄黄阵”，此“白蛇传”三字，为总名，“凡水漫金山断桥产子合钵等戏，均可名为白蛇传”。何以均不名，而独称呼此雄黄阵为白蛇传，盖亦循戏班中相沿之惯称也。此剧出自义妖白蛇传，而情节稍异者，盖编剧者之变化点缀也。

时人观看《白蛇传》之后评价其为“一出繁重的悲剧”，谈及“内行的伶工最怕这出戏，人才搭配不整齐的不敢演唱，打不占一面的不敢演，身段不灵活的也不敢演”。时人观断桥一折，白蛇既恨许仙而痛骂许仙，又深爱许仙而以身辗转翼护许仙，深恐青蛇之剑伤许仙，种种复杂情绪，表露无遗。

---

① 某：《关于白蛇传》，《北洋画报》1931 年第 640 期。

“可见戏的价值固在戏的本身，但是指导与演者的天分更有重大的影响。”①

这一时期，还出现了一些以“白蛇传”故事为题材的电影作品，如《白蛇传》《珍珠塔》《荒塔沉冤》等。天一公司的《白蛇传》（1926）“以飞飞胡蝶来当白娘娘，小嘴吴素馨来做小青青，金玉如做许仙”。②华新影片公司出品的《荒塔沉冤》（1939）讲述的“白蛇传”故事并无一丝神异之事，展现的是家庭伦理重压之下对青年女性的迫害。结尾处白素贞为了儿子许梦蛟的前程，不使其被别人诽谤，便在雷峰塔塔顶，直坠而下。“这巍然矗立在荒郊的雷峰塔，就是埋冤藏恨的地方。”③

再如流传在晋县（今晋州市）的《孟姜女哭长城》：

正月里（这）梅花正（哎）月正，
家家（哎）户户（这）点红灯。
人家的丈夫（这）都得团圆，

---

① 《韩世昌娇若游龙　白蛇传是一出繁重的悲剧》，《影与戏》1937年第27期。

② 微笑生：《影剧特刊：谈谈“白蛇传”》，《中国摄影学会画报》1926年第45期。

③ 王珍珍主编，中国电影艺术研究中心、中国电影资料馆编：《中国影片大典：故事片·戏曲片1931—1949.9》，中国电影出版社，2005，第235页。

孟姜女的丈夫去修长城。

二月里兰草乱洋洋，
燕子飞过到南墙，
燕儿窝修得端端正，
对对双双造黄梁。

三月里桃花走清明，
家家户户上坟茔，
人家的坟上挑着白纸，
万喜良的坟上冷冷清清。

四月里芍药养蚕忙，
孟姜女挎着篮儿去采桑，
桑篮儿挂在桑枝上，
捋了一把泪来捋了一把桑。

五月里石榴似红梅，
孟姜女想夫泪双悲，
人家的田中黄芽在，
孟姜女的田中杂草成了堆。

六月里荷花热难当，

蚊虫飞过咬孟姜，
用口咬奴千口血，
别咬奴家的丈夫万喜良。

七月里苜蓿艳梅开，
燕子飞过捎书来，
闲人倒说闲人话，
孟姜女的丈夫几时回来。

八月里凤仙秋风凉，
家家户户缀衣裳，
人家的丈夫都把夹衣换，
孟姜女的丈夫还没有夹衣裳。

九月里菊花是重阳，
重阳焖酒菊花香，
满满地斟酒奴家我不用，
孟姜女饮酒守着空房。

十月里芙蓉十月一，
孟姜女在家中好惨凄，
人家的丈夫都把棉衣换，

孟姜女的丈夫还没棉衣。
十一月里雪花乱飞起，
孟姜女前去送寒衣，
乌鸦头前领着路，
哭倒了长城十万里。

十二月水仙闹嚷嚷，
文武百官传昏王，
秦始皇他爱孟姜容颜长得好，
祭起坟头拜拜灵堂。

十三月来闰月年，
孟姜女假从下万岁爷的姻缘。
拜罢灵堂桥头路过，
夜观水景死在江里边。[①]

此歌谣以“十二月”的形式，将孟姜女悲惨的命运及等待丈夫的过程完整地叙述出来，如此循环往复，日复一日，

① 《中国民间文学集成》全国编辑委员会、《中国歌谣集成·河北卷》编辑委员会、《中国歌谣集成》全国编辑委员会、《中国歌谣集成》各省编辑委员会：《中国歌谣集成·河北卷》，中国 ISBN 中心，2009，第 296—297 页。

不禁令人感叹孟姜女命运之悲惨，展现了人生的短暂和有限的时间生命意识。每一句均用鲜花起兴十二个月份，歌谣巧妙地运用每个月份盛开地花朵起兴，既符合自然时序，又能借梅花、兰草、桃花、芍药、石榴花、荷花、苜蓿花、菊花、芙蓉、雪花、水仙等色彩进行搭配，“乱洋洋”“乱飞起”“闹嚷嚷”等形容视觉繁茂，使用了“感觉互通的通感手法”①。

谈及歌谣中的“孟姜女故事”，1924年，顾颉刚在《歌谣》周刊上发表《孟姜女故事的转变》一文，将杞梁妻故事视作孟姜女故事的源头。②其在《古史辨》第一册自序中谈到“自己愿担任的工作有两项：一是用故事的眼光解释古史构成的原因，二是把古今的神话传说作为统系的叙述”。顾颉刚围绕孟姜女故事所做的系列研究及搜集整理工作，即他把传说作为“统系的叙述”，“为研究古史方法举一旁证的例”。③《歌谣》周刊在1924年11月23日至1925年6月21日共出版孟姜女专号9次，计12余万字。钱南扬、钟敬文、刘半农、郑鹤声、郑宾于（孝观）、常维钧（惠）等学者均醉心于这一故

---

① 倪金：《论孟姜女歌谣的地域特色及艺术性》，《河北科技大学学报》（社会科学版）2020年第2期。

② 王均霞：《以女性为载体：顾颉刚孟姜女故事研究中的礼制抗争与人性追求》，《民俗研究》2021年第5期。

③ 顾颉刚：《孟姜女故事研究（〈古史辨〉自序中删去之一部份）》，《现代评论》1927年1月第二周年纪念增刊。

事的研究，在当时已然激起了许多人的“小题大做”的批评。正是这种批评与研究的实践展现了这一时期学人“用学问改革社会”[①]的理想信念。如从孟姜女故事的意义上回看民众与士流的思想分别：

> 杞梁妻的故事，最先为却郊吊；这样原是知识的智识阶层所愿意颂扬的一件故事。后来变为哭之哀，善哭而变俗，以至于痛哭崩城，投淄而死，就成了纵情任欲的民众社会所乐意称道的一件故事了。它的势力侵入了智识阶层，可见在这件故事上，民众的情感已战胜了士流的礼教。[②]

民众的故事日益发展，故事的意义也日益“倾向纵情任欲方面流注去”：孟姜女未嫁之时是思春许愿的，见了男子是要求在杨柳树下“配成双”的，后来的万里寻夫是经“父母翁姑的苦劝而终不听的”，秦始皇要娶她时，她又假意绸缪，要求三事，等三事完成后又自杀。但当这件事回到智识阶级时，就变得“循规蹈矩”了，孟姜女的婚姻是“父母之命”，丈夫走后她侍奉“寡姑”至孝，直到“寡姑”去世，

---

① 顾颉刚：《中国近来学术思想界的变迁观》，顾颉刚：《宝树园文存》卷一，中华书局，2010，第 145 页。

② 顾颉刚：《孟姜女故事研究（〈古史辨〉自序中删去之一部分）》，《现代评论》1927 年 1 月第二周年纪念增刊。

她亲自“负土成坟”而后寻夫，她戏弄秦始皇的一段故事亦湮灭无闻。在这种“冲突”之中，一个知礼的杞梁之妻变成了一个“自由恋爱的主张者”，敢于将自己的生命牺牲于爱情之下。孟姜女故事流传中对孟姜女形象的塑造呈现出一种“割裂感”——“虽有城崩的失礼而仍保留着却郊吊的知识，虽有冒险远行的失礼而仍保留着尽孝终养的知识”。[①] 顾颉刚敏锐地感知到故事“随顺了文化中心而迁流，承受了各时各地的时势和风俗而改变，凭借了民众的情感和想象而发展”。“在顾颉刚的眼中，孟姜女与那些饱受传统礼教社会压迫和践踏的女性绝不相同，孟姜女似乎超越了她的时代，更接近现代社会的解放型妇女。”[②]

与孟姜女故事相呼应，歌唱孟姜女的歌谣不仅传递了历史故事的信息，也能够更为自由地展现声音的吸引力和倾诉力。“声音随着故事情节的发展高低起伏，抑扬顿挫，情节、情感、情境在声音中展露、展开，与现场的听众产生共鸣。”歌谣以“现在进行时”的声音，复现了地方“无时间”的情

① 顾颉刚：《孟姜女故事研究（古史辨自序中删去之一部分）》，《现代评论》1927 年 1 月第二周年纪念增刊。

② ［美］洪长泰：《到民间去 中国知识分子与民间文学 1918–1937（新译本）》，董晓萍译，中国人民大学出版社，2015，第 119 页。

感经验史。[①]

历史故事传说歌谣围绕着神话传说等民间文学资源的流动与衍生，生活世界、意识形态、革命传统在错综勾连、纠结共生之中创造着新的普遍性与总体性，在个人情感、生活伦理、乡土／地方秩序的延续中，焕发出灼热的生命光辉，并以此影响与重构歌谣的审美表现机制和风格趣味。

① 陈忠猛：《民声：孟姜女话语民间化“言路”》，《地方文化研究》2023 年第 6 期。

第三章
河北歌谣的艺术特点

河北歌谣是中国民族音乐文化不可分割的组成部分。作为熔语言、音乐、舞蹈及诗歌等体裁为一炉的艺术表现形式，是河北人民的战斗生活与思想感情最直接、最真切的艺术反映，集中体现了广大群众的艺术创造力与感染力。

一、河北歌谣的曲式结构

河北歌谣的音乐特点，可以从曲调及其结构中深入了解。河北歌谣的一大特点是小调歌曲的高度发展，“它不仅以数量的绝对优势压倒其他品类的民歌，而且以其发展形式的完美而有别于其他体裁”①。

① 江玉亭编著:《河北地方音乐》，河北科学技术出版社，1993，第 89 页。

（一）调式和调性变换

在河北歌谣中，宫商角徵羽五种民族调式俱全。我国民间音乐调式的地域分布，呈现为三条主要的分界线：

> 第一条是以秦岭、淮河到洪泽湖为界的南北分界线。它将南北方不同型号的徵调式和商调式分成两大板块。
>
> 第二条是以太行山为界线，将南北分界线的北面分为东北与西北两片。这条线将西北部的徵调式与商调式共荣，与东北部的徵调式与宫调式并茂，分成东西两大板块。
>
> 第三条是从东北、内蒙、宁夏、甘肃、青海、四川、湘鄂西到广西的弧型长线，即兄弟民族地区与汉族地区的分界线。它将汉族地区徵终止群体的汪洋大海，与兄弟民族地区羽终止群体特色突出的调式属性，分为范围更加广阔的两大板块。①

如，昌黎的《卖香面调》从头到尾均落在徵音上，始终如一的落音会让人感觉单调，于是出现了八度呼应的结音形

---

① 刘正维：《我国民间音乐的调式型号与板块分布》，《中央音乐学院学报》2003 年第 2 期。

式，如，昌黎的《渔家乐》；进一步突破二音交替，最为多见的是四五度结音的呼应，如，尚义的《南山坡高来北山坡低》为五度呼应：

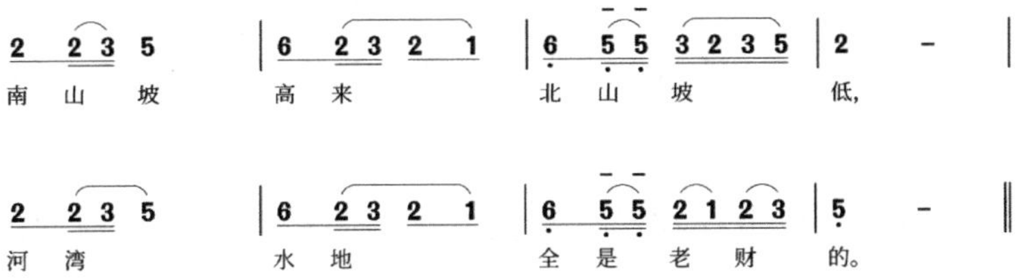

2 2 3 5 | 6 2 3 2 1 | 6 5 5 3 2 3 5 | 2 – |
南 山 坡 高 来 北 山 坡 低，

2 2 3 5 | 6 2 3 2 1 | 6 5 5 2 1 2 3 | 5 – ‖
河 湾 水 地 全 是 老 财 的。

调式的衍变在经历由简及繁的过程后，结音形式愈发多样。在一些歌谣中，能够较为明显地感觉出位置比较重要的调式骨干音。在调式的各个音级中，它们比别的音级作用更为显著，对主音的支撑更为有力。如，涞源的《丢姑爷》：

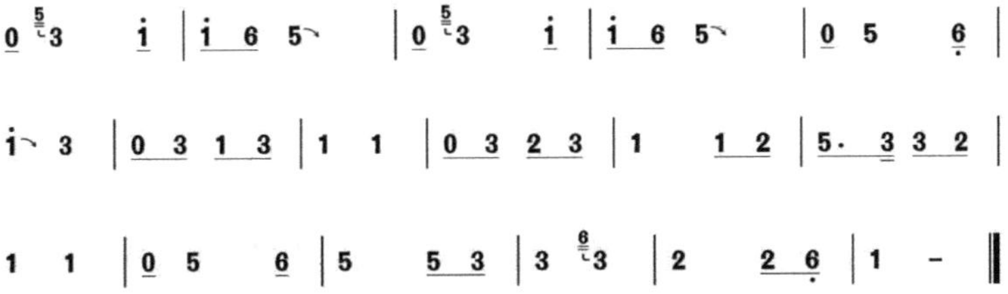

0 3 i | i 6 5 | 0 3 i | i 6 5 | 0 5 6 |

i 3 | 0 3 1 3 | 1 1 | 0 3 2 3 | 1 1 2 | 5. 3 3 2 |

1 1 | 0 5 6 | 5 5 3 | 3 3 | 2 2 6 | 1 – ‖

这首歌谣以“1 3 5”三音为骨干，旋律在骨干音中反复穿插，支撑作用明显。

不同调式具有不同的表现功能和感情色彩，如，商调式呈现出伤感压抑或含蓄、婉转的感情色彩，如，唐山《思五更》、宽城《都山小调》、永清《穷人泪》、张北《回关南》等；宫调式呈现出明亮、光辉的调式特色，音乐多具有明快、洒脱的特质，有一种明朗、向上的色彩，如，景县《媳妇走娘家》《大逛灯》、南皮《十个字》、前深县《坚决报名去当兵》等；角调式多诙谐、幽默，并具有陈述性的特质，如，无极《为钱》。

绝大多数歌谣在结束全曲时调式是稳固的，个别歌谣却呈现出调式的游离性，给人以意犹未尽之感，如，丰宁的《对花》（霸王鞭①）：

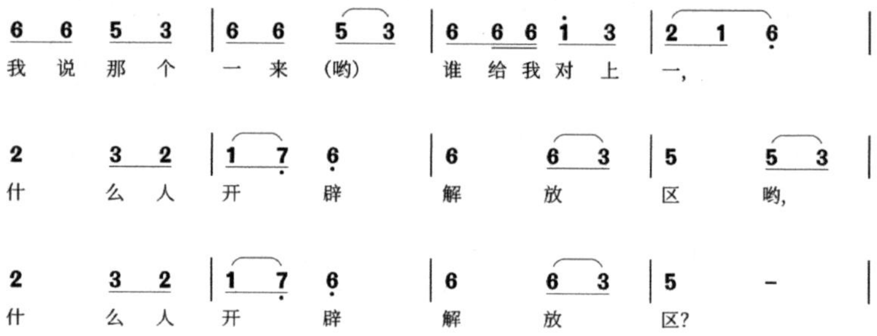

6 6 5 3 | 6 6 5 3 | 6 6 6 i 3 | 2 1 6 |
我 说 那 个 一 来 (哟) 谁 给 我 对 上 一,

2 3 2 | 1 7 6 | 6 6 3 | 5 5 3 |
什 么 人 开 辟 解 放 区 哟,

2 3 2 | 1 7 6 | 6 6 3 | 5 – |
什 么 人 开 辟 解 放 区?

这首由上、下句构成的歌，第一句全句和第二句上半句

① 霸王鞭也是一种民间舞蹈，表演时一面舞动两端安有铜片的彩色短棍，即“霸王鞭”，一面歌唱。有的地方也叫花棍舞或打连厢。在晋察冀边区，抗战初期霸王鞭活动便已经十分普遍、经常地开展起来。参见王剑清、冯健男主编：《晋察冀文艺史》，中国文联出版公司，1989，第 542 页。

（前六小节）全为羽调式进行，但在第二句的下半句却转到了徵调式上，这种突如其来的收束，在艺术上收到了十分清新的效果。结音“5”与起始音“6”相接，使音乐形成了周而复始的对接效果。这样的音乐布局，造成了一问一答、此起彼伏的音乐格局，使情绪热烈、欢快，环环相扣。革命战争时期，曾有人将这首歌谣填上《贫下中农热爱毛主席》唱红全国。这种调式游移较之调式发展的原始阶段的未定型调式具有本质的不同，它是调式发展向更高一级进化，是艺术需求的一种出新。

隆尧的《卖钢针》同样是一首变化十分丰富的叫卖歌曲。它以两个乐句为一循环体，使调式核心随时转移，即由角调性—宫调性—羽调性，往复循环。不管停在哪一个调性上，都会让人有不十分完满的收束感。之所以造成这种艺术效果，是从现实生活的需要出发的：卖针人边唱、边包、边卖，每一循环体完之后，要间插“让针”“送针”等动作。因而每一循环体之后都有长短不等的间歇时间。这种动作对走街串市撂地摊的卖针商贩来说都是周而复始的。

河北歌谣的调性大致可以分为暂转调、调式交替、转调三种。暂转调指音乐在一个旋律片段中暂时游离于另一个调式体系之中，转换的时限较短，新调没能建立起主音的稳固的核心地位，即还没有形成调式的概念和感觉。调式交替即不同的调式片段在一首歌谣内的交互出现。它的转换时限较暂转调为长，转换的前后两个部分均能建立起调式的观念。但它们各自的独立意义较小，无法形成完整的终止式和完整的手段，还没有达到“转调”所包含的调与调之间完整转换的程度。转调是由原调转入新调，二者均有相对的独立性，均有明确的终止式，新调要有较完整的段落。

（二）乐段结构

河北歌谣中单乐句乐段较为少见，二乐句结构是乐段结构的基本组成体。乐句间前后呼应，协调统一，如，日常叫卖的《磨刀调》、冀南一带流行的《锯碗调》。三乐句结构是一种奇数句结构，由于其结构的非对偶性，往往在句式中通过其他方法予以平衡。如，清河的《苦媳妇》“拿起针和线，坐到（那）炕沿边，奴家命苦真可怜（哪）”用句容渐增的办法，一句比一句容量加大。四句式乐段结构是在两句式结构的基础上发展起来的，在民歌结构中，尤其是小调歌曲中，占比很大。乐句数量的增加，使音乐有可能作多层次、多侧面的描写。比如在上、下句式的乐段结构中，通常只能在呼应、对称的基础上，作有限度的一点儿对比，而在四句式结构中既可以有起势，有承继，有转折，有闭合，形成起承转合式的有一定哲理性的音乐思维方式。这已经是相当稳定的结构功能了，不仅是绝大部分单乐段民歌的结构形式，也是更长大结构的基本组合体。多句式结构，五句式和六句式的乐段结构，多是由四句式变化而来的，如高邑扇鼓《对花》是一段由对、合两部分组成的对歌式秧歌调，音乐变化丰富。

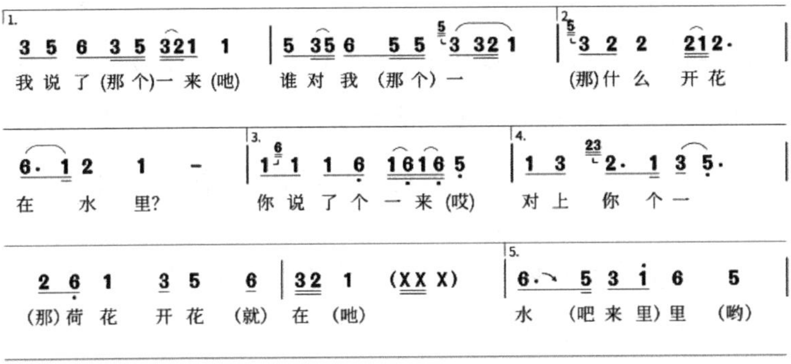

1. 3 5 6 3 5 321 1 | 5 35 6 5 5 3 321 | 2. 3 2 2 212· |
我说了(那个)一来(吔) 谁对我 (那个)一 (那)什么 开花

6· 12 1 – | 3. 1 1 1 6 16165 | 4. 1 3 2· 1 3 5· |
在 水 里? 你说了个一来(哎) 对上 你 个一

2 6 1 3 5 6 | 32 1 (XX X) | 5. 6· 5 3 1 6 5 |
(那)荷花 开花 (就) 在 (吔) 水 (吧来里)里 (哟)

河北歌谣中的《对花》《对十》等一问一答式盘问花名的曲子，多为上、下句结构。这首歌的问答是由两种音乐素材组成的，两者差异很大。问的部分是比较方整的两个乐句，这首歌的扩充发生在“对”（答）这一部分中，按照一般的民歌结构，“问”为两个乐句，四小节，“对”也应该大致相当，但这里为了表现上的需要，在第四句实词只用了整句词的“荷花开花在”五个字，而将“水里”两字断开，留作扩展用。扩展至第五句后，仍不足兴，实词用完了，用虚词扩展成第六句，直到第七句的上半句扩充才告结束，之后接以收束的两个尾音，收住全曲。这种扩展的素材来自第四句，将其作了多种形态的变化和引申。使这一核心音调做了充分的发挥后才予以收束。在艺术上做到了“曲尽其意”的完美效果。

在冀南一带流传大型套曲，如，曲周的《八番》、馆陶的《渔家乐》以及永年小曲等。如，《王婆骂鸡》[①]是由《鼓子韵》《呀儿哟》《罗江怨》《坡儿下》《太平年》《坠子板》《莲花落》《大剪剪花》八个曲段组成的大型套曲，结构十分复杂。大名县流传的《王婆骂鸡》“剪剪花”曲段中还增添了“白”：

> 李婆一声说道：你来我门口干什么来啦？王婆一声说道：我初一日买了一只芦花鸡，他们给我偷走了，我前来骂鸡来啦。李婆一声说道：上三家许你骂，下三家许你骂，三八二十四家都许你骂，不许你在我李婆门口骂。王婆一声说道：你要不让我骂，我偏要骂。李婆一声说道：你要骂，咱二人好有一比，比做何来？好比就铜盆见着铁刷子。这话怎讲？好不了咱二人就叮当起来。[②]

---

① 《霓裳续谱》中有《骂鸡王奶奶住在街西》的曲目，基本情节和现在类似。

② 《中国民间歌曲集成》全国编辑委员会、《中国民间歌曲集成·河北卷》编辑委员会：《中国民间歌曲集成·河北卷（上、下册）》，中国 ISBN 中心出版，1995，第 1025 页。

（三）旋律及乐句发展

在河北歌谣中，音乐动机的展开通常有以下方法：第一，承袭主导动机，重复或变化重复，这种方法大量地运用在歌谣的起始乐句中。有时同一动机的多次重复，象征着力量的积蓄和等待，蕴藏着动势与潜能，为音乐的发展提供了足够的动力。第二，承袭主导动机，扩充发展。如拉宽节奏，在骨干音间填充音符，这较之前一种类型有了较多的变化和发展。第三，紧缩，这使得前面较贯穿的旋律予以细分，因而使旋律趋于活跃，充满动力；此外还有动机移位摸进、定型动机贯穿发展等方法。

乐句的承接关系分为承递、顺接、连尾等。承递是在相邻的两个乐句中，前一乐句的尾部与后一乐句的头部相重合，它与诗词中的顶真格关系密切，有的同字相顶，如京韵大鼓《丑寅卯初》“遥望见，天上的星，星和斗，斗和辰……”有的同词组相顶，如李白《白云歌送刘十六归山》“楚山秦山皆白云，白云处处长随君，长随君，君入楚山里，云亦随君渡湘水。湘水上，女罗衣，白云堪卧君早归”。与这种格式对应，民歌旋律也有同音承递的现象。

（四）号子音乐的旋律特点

与小调相比，号子音乐少有拖腔和润腔，音调多质朴简单，少有雕琢修饰，这首先表现在那些声部交换频繁的重力劳动号子中。这些号子的旋律多为单音节的循环往复，有的往往一个音符一个字，且多为衬字；有的虽然稍有润腔，但多为助音性的。在号子音乐中，同一素材的重复或变化重复现象非常普遍，这和同一节奏型贯穿始终的情况是相同的。

根据劳动方式、劳动强度的不同，号子音乐大致可以分为渔民号子、搬运号子、航运号子等，由于劳动过程的紧张性和延续性，号子音乐并没有严格的段落式收束及停顿，乐段划分不明显，突出的是乐节及乐句的贯穿、反复；但在大部分夯号中，由于劳动方式较为自由，没有过于紧迫的时限要求，而且每打一夯或数夯可有一间歇时间。乐段的音乐结构正好可以作为这种劳动过程的一个循环体。如，文安县的《出网号》：

正月里来（咳）正月正（啊）？（哎咳哎咳咳哈），做活的四辈上（哎）了工？（哎咳哎咳哎哈哎哎咳哈）。[①]

① 《中国民间歌曲集成》全国编辑委员会、《中国民间歌曲集成·河北卷》编辑委员会：《中国民间歌曲集成·河北卷（上、下册）》，中国 ISBN 中心出版，1995，第 81—82 页。

（五）河北歌谣的旋律特点

首先，河北歌谣高起低落的旋律态势有一种下泻的潜在势能，能使感情抒发得酣畅淋漓，旋律线大幅度起伏，给人以刚劲、豪迈的气势，很多歌谣中都有宽音域起降的旋律。小调歌谣的主要特征之一是对偶和规整，这主要表现在整体结构的方整性上，有的为上、下句的对称、呼应，有的为方整的四句结构，有的乐句虽为奇数小节，但通过对偶重复，依然非常对称。河北歌谣中还有相当一部分具有鲜明的层次性：起句含有全曲最高音，而且在多数民歌中此音只用于第一句，以后的三句，按每句的最低音计，逐级下降，直到最低音。此类例子很多，如，冀中的《小白菜》、景县的《媳妇走娘家》、深泽的《绣荷包》等。河北歌谣还具有兼容并蓄的交融性，如，蔚县的《正采茶》和云南的《东川采茶》的音乐形态十分接近。张寒晖[①]根据定县民歌《摘黄瓜》填词的《去当兵》，在“回流”至民间时产生了一些变体，如，滦城的《快去把兵当》、永清的《叫老乡》、沙河的《老乡党》、

① 张寒晖（1902—1946），我国现代作曲家，写过剧本数部、秧歌剧若干、歌曲数10首，其中有控诉日寇在我国东北侵略暴行的歌曲《松花江上》及《干吗要悲伤》《游击乐》《去当兵》《努力！咱们战斗下去吧》《军民大生产》等歌曲，在群众中流传较广。参见高天康编著：《音乐词典》，甘肃人民出版社，2014，第212页。

肃宁及河间的《劝老乡当兵》等。

去当兵

1=E 4/4

河北小调
张寒晖 填词

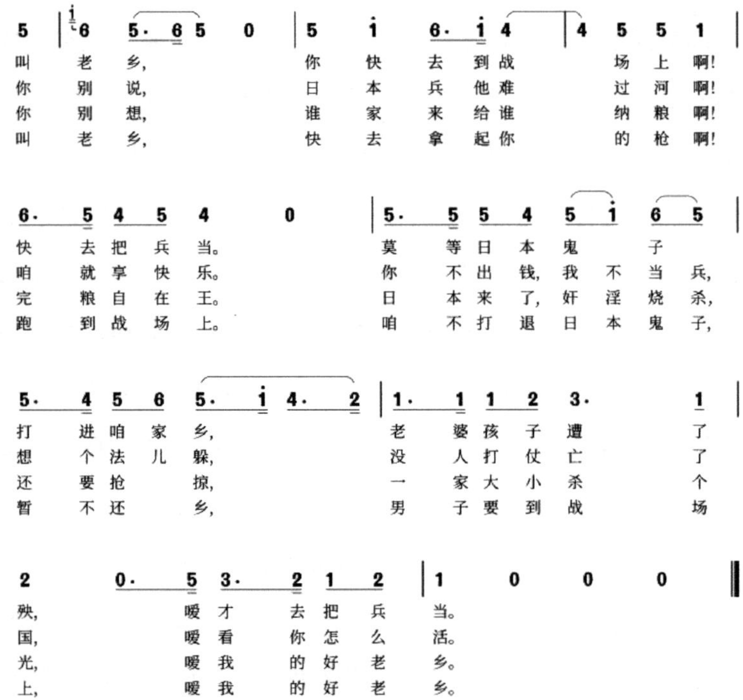

5 | 6 5· 6 5 0 | 5 i 6· i 4 | 4 5 5 1 |
叫 老 乡, 你 快 去 到 战 场 上 啊!
你 别 说, 日 本 兵 他 难 过 河 啊!
你 别 想, 谁 家 来 给 谁 纳 粮 啊!
叫 老 乡, 快 去 拿 起 你 的 枪 啊!

6· 5 4 5 4 0 | 5· 5 5 4 5 i 6 5 |
快 去 把 兵 当。 莫 等 日 本 鬼 子
咱 就 享 快 乐。 你 不 出 钱, 我 不 当 兵,
完 粮 自 在 王。 日 本 来 了, 奸 淫 烧 杀,
跑 到 战 场 上。 咱 不 打 退 日 本 鬼 子,

5· 4 5 6 5· i 4· 2 | 1· 1 1 2 3· 1 |
打 进 咱 家 乡, 老 婆 孩 子 遭 了
想 个 法 儿 躲, 没 人 打 仗 亡 了
还 要 抢 掠, 一 家 大 小 杀 个
暂 不 还 乡, 男 子 要 到 战 场

2 0· 5 3· 2 1 2 | 1 0 0 0 ||
殃, 嗳 才 去 把 兵 当。
国, 嗳 看 你 怎 么 活。
光, 嗳 我 的 好 老 乡。
上, 嗳 我 的 好 老 乡。

二、河北歌谣的个案分析

河北歌谣在曲调方面，有民间小调、劳动号子、打夯歌、秧歌调、山歌等类型，内容上讲究诗法，手法巧妙，比兴多彩。如，《巧媳妇擀面唱古人》把巧媳妇擀面的各个程序和古

人逸事联系起来，运用比喻、借代、双关等多种艺术手法进行叙事。本部分主要通过对《茉莉花》《小白菜》《聘闺女》《没有共产党就没有新中国》《歌唱二小放牛郎》《探清水河》等个案研究，阐述河北歌谣的传承、演化及时代性特征。

（一）《茉莉花》

《茉莉花》在清代开始已广为流传，由于气候、地理环境、方言、音乐传统、人民性格、审美情趣等方面的差异，使其在节奏、节拍、旋律、音阶调式、演唱等方面形成了千姿百态的特征。《茉莉花》作为一首小调类民歌，流传年代极为久远。张继光在《民歌〈茉莉花〉研究》中考证了“茉莉花”与各相关调名之间的关系：

> 1.“茉莉花”“鲜花调”与“双叠翠”间，不但曲调相同，歌词也常相同，彼此间所存在的应是同曲异名的关联。
>
> 2.“茉莉花”与“叠断桥”间，类似存在着以反调手法为主并另再加工变化的变调关联。两者在调名、曲调、歌词上也常交互为用，所以应算是同一曲的同词变调。此外，“叠断桥”与“闹五更”也有着部分关联，应也受到“闹五更”某种程度的影响。

3.“茉莉花”“叠断桥”与主流腔系“叠落金钱”间，存在着曲调旋律素材上为来自同一血缘的变调关联。

4.“茉莉花”曲调近同于乾隆年间所传《绣襦记》中“莲花落”，所以其可能源自《绣襦记》成书时所唱的“莲花落”曲调。[①]

至于《茉莉花》于何时流传至河北，江玉亭在《论河北民歌的交融性和异质性》[②]一文中谈道：

冯光钰同志曾于2003年电话告我，有一位台湾学者去英国访问，见到乾隆时期首任驻华大使的秘书约翰·贝罗（1764—1848）写的《中国游记》一书，该书第315页上刊有一首中国民歌《茉莉花》。这位约翰·贝罗先生来华时间是1792—1795年，乾隆五十八年（1793）适逢乾隆83岁大寿，此正逢英国使臣马戈尔尼来华谈判建交，他也参加了承德避暑山庄的庆典活动，连看了三天大戏。

---

① 张继光：《民歌〈茉莉花〉研究》，文史哲出版社，2000，第132—133页。

② 江玉亭：《论河北民歌的交融性与异质性》，《人民音乐》2019年第8期。

江玉亭推论，至少在此时，河北已经流传着《茉莉花》这首歌了。其后，此歌衍生出许多“同宗民歌”[①]，如，河北省邯郸市民歌“腊梅花”，乐句旋律和歌词大致与“茉莉花”相同：“好一朵腊梅花好一朵腊梅花，满园这朵花草（哟）比不上奴（来）家，俺有心掐一朵（呀）戴在头上，恐怕看花看花人儿骂（哎咳啊哎哎咳啊哎）”[②]。再如“张生偷情”“张生戏莺莺”“张生跳粉墙”“八月桂花香”“一点油”等。此外还有其他主题的民歌，如“雪花飘”“望郎小调”“有心看情哥”“大哥拉弦小妹唱”等。河北省晋县（现晋州市）还有采用“茉莉花”曲调填词的民间歌谣《三国五更》：“一更（的）鼓儿天（乃哎），三国战中原（那），曹操（这）领兵打下了江南（那），领人马（也）八十单（乃）三万（哎哟）。”[③]

---

① “同宗民歌：是指由一首民歌母体，由此地流传到彼地乃至全国各地，演变派生出的若干子体民歌群落。这里所说的‘民歌母体’包括多方面的涵义，诸如曲调、唱词内容、音乐结构、衬词衬腔及特殊腔调的进行等因素。在此基础上形成的同宗民歌，其型态是千变万化多姿多彩的。因此‘母体’的概念，系一种综合的形制。这在众多的中国民歌，特别在小调中是颇为常见的现象。”引自冯光钰：《中国同宗民歌》，中国文联出版公司，1998，第1页。

② 《中国民间歌曲集成》全国编辑委员会、《中国民间歌曲集成·河北卷》编辑委员会：《中国民间歌曲集成·河北卷（上、下册）》，中国ISBN中心出版，1995，第443页。

③ 同上，第653页。

茉　莉　花

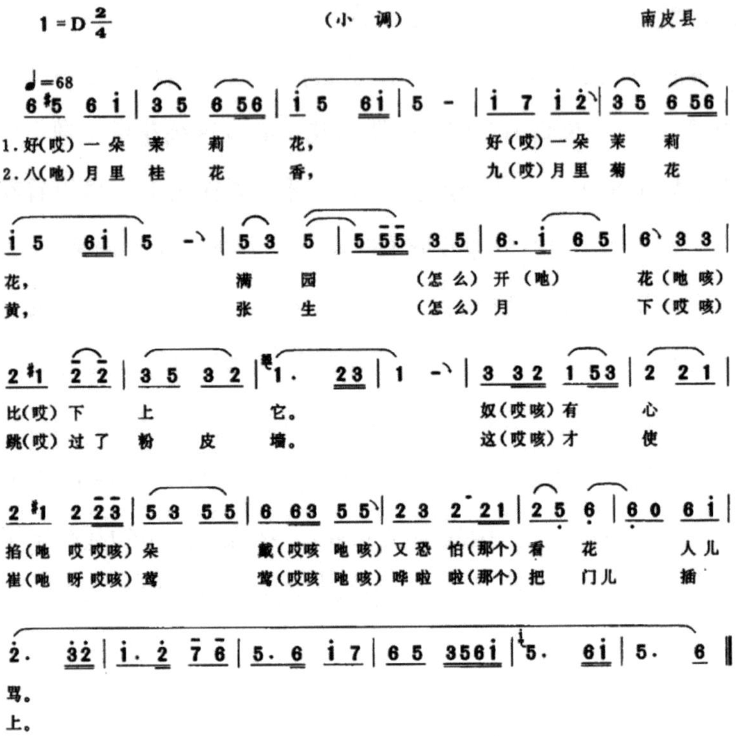

1＝D $\frac{2}{4}$　　（小　调）　　南皮县

♩＝68

1. 好(哎)一朵茉莉花，好(哎)一朵茉莉花，满园(怎么)开(呲)花(呲咳)比(哎)下上它。奴(哎咳)有心掐(呲哎哎咳)朵戴(哎咳呲咳)又恐怕(那个)看花人儿骂。
2. 八(呲)月里桂花香，九(哎)月里菊花黄，张生(怎么)月下(哎咳)跳(哎)过了粉皮墙。这(哎咳)才使崔(呲呀哎咳)莺莺(哎咳呲咳)哗啦啦(那个)把门儿插上。

（演唱：周树棠　记录：司培勋）

注：此歌共4段。

河北南皮《茉莉花》整首的情节并不紧密，全套歌词由几个独立性颇高的段落组成，主要包括“跳墙”“哀告”“开门”三段，此三段不但直接点出“西厢”人名，而且以接近直叙的用语，描述张生跳墙求欢却遭闭门对待，于是跪于东墙请求红娘开门，三段情节相互连贯。河北南皮《茉莉花》的流传受到大运河贯通的影响，带有戏曲风味，情绪欢快，语言朴实，叙事性强，旋律起伏较大，表演形式多样："有民间艺人的吹歌演奏形式、独立的舞蹈形式，还有民间艺人（或专业演员）的演唱形式，并伴随'南皮文落子'的特点等"[①]。河北《沧县志》中记载南皮"落子"："其演唱之法，先击鼓鸣铙，全班往来穿插，急走，稍定，则鱼贯而成一大环，徐步围绕，老人出至场中，高声独歌，歌毕而退。美女及公子出，美女持竹板，公子持'乐子'（霸王鞭），男女相间成一小环，且歌且舞，以相调笑，所歌为时曲，率男女相悦之词……"[②]"文落子"是以女演员的舞蹈和歌曲演唱为主，歌曲风格抒情而柔美，舞蹈形态妩媚、内敛，颇具江南风格。

这首《茉莉花》以诙谐风趣的笔触，细腻勾勒出一个情节完整、情感丰富的故事，巧妙地将《西厢记》中张生、崔莺莺与红娘之间那缠绵悱恻的爱情纠葛融入其中。开篇唱词"好一朵茉莉花，好一朵茉莉花，满园开花香也香不过它，我有心采一朵戴，又怕看花的人儿骂。"这简洁明快的词句，不仅是对茉莉花芬芳馥郁的颂扬，它还含蓄而微妙地传达了青春少女对纯真美好爱情的无限向往与憧憬，令人回味无穷。

---

① 王志军：《京杭大运河地区民俗文化与民歌〈茉莉花〉艺术风格的流变》，《艺术百家》2011年第4期。

② 胡晶莹：《漫谈河北民间舞蹈"落子"中的"三道弯"》，《民间文化论坛》2010年第4期。

与江苏民歌《茉莉花》的曲式结构相比，南皮版《茉莉花》在保持相似性的同时，又增添了独特的装饰音调，使得旋律更加丰富多彩。在落音处理上，南皮版也展现出不同之处：首句两个短句重复，落音落于徵音；第二句首尾音相呼应，同样落音于徵音，稳固了旋律的基础；第三、四句的词曲关系与起始音巧妙呼应，落音则分别为宫音和徵音，形成了完美的旋律闭环。此曲采用 2/4 拍，节奏稳健而富有弹性。虽然承袭了江苏民歌《茉莉花》从容舒展的旋律特点，但在基本节奏型上却做出了创新，由细腻的十六分音符转变为更加宽广的八分音符，使得音域得以有效拓宽。旋律起伏跌宕，时而高亢激昂，时而低回婉转，主旋律之外穿插的半音与下滑音，为旋律增添了一抹清新而神秘的色彩。同时，这些元素也赋予了北方民间歌舞轻盈跳动的特质，使得整首曲子更加生动活泼。第三、四句旋律含蓄内敛，逐步下行至最低音，随后以一个悠长而深情的大拖腔将旋律推向高潮，仿佛内心情感的突然爆发，使整首曲子兼具戏剧性与抒情性，令人陶醉其中。

这首《茉莉花》的独特魅力，还体现在其巧妙融入的衬词和衬腔之中。如“哎”“哎咳”“哎咳也咳”等衬词，不仅丰富了歌曲的表现力，更使得演唱更加生动自然。有的衬词用于补充前句唱词，置于句尾，如同画龙点睛之笔；有的则用于衔接前后部分，使演唱更加流畅连贯，穿插于唱词之中，如同桥梁般连接着每一个音符。歌曲还借鉴了吕剧中“四平腔”的拖腔手法，每句结尾均有拖腔，前三句句尾为两小节拖腔，悠扬而缠绵；第四句结尾则长达六小节，将情感推向极致，最终落音回归徵音，如同余音绕梁，久久不散。衬词与衬腔的运用，既保持了歌曲的基本旋律形态，又增添了北方音乐爽朗、明快的特色，使得整首曲子更加具有感染力和艺术魅力。①

（二）《小白菜》

《小白菜》是一首河北民间小调，以凄美的音调和质朴的情感传遍大江南北，在文学主题方面，它反映的是旧时代的一个十分普遍的社会现象：幼年丧母，继母偏心，儿童在精神上长期受虐待的家庭悲剧。作品的词作概括性强，易唱易记，在全国范围内都有流传。1911 年《少年》刊载《通俗的古歌》收录“小耗子”“老鸦”“小白菜”“秦始皇”“新嫁娘”“我的儿”等歌谣，谈到“乡村老妪虽然目不识字，而有一种自古相传之歌谣，白发婆婆以之教儿孙，坐门槛上，树荫下，齐声唱之，亦足为家庭中添一乐事。其音调之和谐，可以养小儿之善心，其词意之周密，可以长小儿之识力。故

① 王志军：《京杭大运河地区民俗文化与民歌〈茉莉花〉艺术风格的流变》，《艺术百家》2011 年第 4 期。

各国之言教育者，甚重视之，是必本乎人情，合于风俗，故老相传，历世不磨者，方能有益于儿童，往往盖世文豪不能增减其一字。东西洋各国，此类亦多”[①]。1939年3月延安鲁迅艺术学院音乐系成立“民歌研究会”，安波、张鲁和关立人等深入黄土高原，记录了《探妹》《小白菜》《画扇面》《探家母》《摘花椒》《妓女告状》等多首流传在延安、安塞、绥德、米脂、定边以及陇东等地的民间歌谣。[②]

整首歌词采用上、下句式，共七段，扼要地唱出家庭变故后小主人公受到欺辱的痛苦和凄凉的遭遇。《小白菜》的词曲结合方式基本上是一字一音，不作任何修饰，保持了叙事体民歌的主要特征。为适应歌词内容的要求，全曲的旋律趋势依次下行，每一个乐句也都由高到低，体现了一叹再叹的主题内容。曲尾的两个短衬，是小主人公的自哀自叹，它对于进一步烘托全曲的悲切气氛发挥了重要的作用。“《小白菜》的词曲结合方式基本上是一字一音，不作任何修饰，保持了叙事体民歌的主要特征。为适应歌词内容的要求，全曲的旋律趋势依次下行，每一个乐句也都由高而低，体现了一叹再

① 《通俗的古歌》，《少年》1911年第2期。

② 胡小满：《民歌研究的一例“学案”——〈河北民间歌曲选〉采集与编辑研究》，《音乐研究》2016年第1期。

叹的主题内容。”①

值得一提的是，《小白菜》与一首呼伦贝尔草原上的拟兽儿歌《小白兔》颇为类似，后者在“巴尔虎蒙古部落和布里亚特蒙古部落中均有流行”。②两首民歌属于同宗民歌范畴：

> 首先，《小白兔》和《小白菜》的共同之处，表现在题材和主题思想方面。通过小白兔和孤儿的自述，表达了对生命的深切关爱，对弱者的无限同情，充满着人道主义精神。……其次，从音乐形态方面来看，《小白兔》和《小白菜》在调式、音调、节奏、结构方面以及每句终止式的落音方面，均多有共同之处。③

《小白兔》的妙处在于以小见大，寓意深刻，歌词中唱道：

> 小白兔呀蹦蹦跳，绕着草丛来回跑。小白兔呀快如飞，芨芨草中乐逍遥。

---

① 乔建中：《中国经典民歌鉴赏指南》，上海音乐出版社，2002，第7页。

② 乌兰杰：《蒙古族儿童民歌的分类、社会功能与审美内涵》，《中国音乐学》2019年第2期。

③ 同上。

山梁为啥这样宽，马儿为啥跑得欢？猎狗为啥追得紧，猎人为啥射得准？

剜下肉来不满碗，剥下皮来巴掌宽。耳朵眼睛有啥用？追杀我呀为哪般？①

据学者考证，这两首同宗民歌的诞生，最有可能是在蒙古汗国至元朝这一时期。13 世纪初，成吉思汗挥师西征，大量蒙古军队和随军人口进驻河南、河北地区。蒙古军民和当地汉族民众密切接触，产生音乐文化交流，有些民歌曲调便逐渐形成同宗民歌。流传中的《小白菜》，在当地的社会现实、受众的文化心理与审美趣味的影响下，其中的语言、故事情节与人物形象等内容的“创编”牢固了受众对中华文化的认同。这一个案作为一个“切口”展现蒙汉文化在口头文学中交汇、碰撞，彼此的语言、思想观念、文化传统等呈现日渐相似的特征，并逐渐整合为一个具有紧密联系的稳定文化结构，从而不断深化中华文化认同。这里整合并不否定各民族文化的多样性，而是对它的补充。“中华文化无论是从内容丰富的精神内涵还是色彩斑斓的外在表征，并非‘同质化’

---

① 乌兰杰:《“多元一体”民族格局与蒙汉音乐交流（上）——试论蒙汉民歌中的同宗曲调与同类曲调》,《内蒙古艺术学院学报》2021 年第 2 期。

的文化同一，因为‘真正的创造性并不导致一致性’。”[①] 正由于中华文化具有包容性与开放性，促使多民族文化形态在中国文明多元一体格局的相互接触中相互影响、相互吸收、相互融合，共同形成中华民族“和而不同”的传统文化。[②]

1945 年诞生的民族歌剧《白毛女》[③] 中的音乐素材“取自民歌《小白菜》和民间戏曲的一些唱腔旋律”[④]，此时参与作曲的张鲁“虽然还是音乐系的学生，但是他当过系主任冼星海同志的秘书，了解一些冼星海作曲的经验和风采；同时，他参加过《黄河大合唱》的演出，是河边对口曲中张老三的演唱者，他还下农村向民间艺人李卜学过眉户调音乐，对河北民歌也比较熟悉……这时，为了赶写《白毛女》开头的曲子，

---

① 郝时远：《文化自信、文化认同与铸牢中华民族共同体意识》，《中南民族大学学报》（人文社会科学版）2020 年第 6 期。

② 费孝通：《中华文化在新世纪面临的挑战》，《文艺研究》1999 年第 1 期。

③ 李满天 1942 年在盂平县捕捉到这个题材，他广泛调查研究，反复写作修改，完成一篇一万多字的小说《白毛女人》。1944 年任应县县委宣传部部长时，他将该作托交通员带到延安，亲手交给周扬。周扬认为作品反映了新旧社会两重天，既有教育意义又有宣传作用，将该作送与《解放日报》发表，并交鲁艺音乐系主任张庚，改编成歌剧，为党的“七大”献礼。参见李满天百年诞辰纪念会专辑，http://www.chinawriter.com.cn，中国作家网，查询日期：2022 年 5 月 10 日。

④ 段宝林：《〈白毛女〉与民间文艺》，《民间文化论坛》2012 年第 5 期。

张鲁日夜苦思苦想，半夜还一个人在河边散步，埋头哼唱歌词进行作曲，唱着唱着突然唱出了《北风吹》的新曲调，主要采用和改编了《小白菜》的旋律，他感到这个新旋律符合剧情的需要"[①]。《北风吹》的前半部分结构借鉴自《小白菜》，旋律线单纯，音调进行以四句的结音依次递降，显得十分和谐、流畅；后半部分"盼爹"的一段采用了《青年传》的音调，节奏完全改变，延留音的连续使用造成了音乐的绵延不断，刻画了喜儿急盼爹爹回家过年的心理活动，曲作者在创作这个唱段时，即使它们相互独立，又使它们保持一定的连贯性，用来表现不同的心态，使这一主要人物的精神世界进一步丰富、饱满。[②]

（三）《聘闺女》

歌谣作为活态的口头传承的语言艺术，它们生动细致地描摹了民族的社会生活和心理状态，又由于其传承和发展与当地人们的现实生活情境存在着一定程度的联系，从而具有一定的地域特征。如《聘闺女》的第一段歌词"（啊）奴（啦）家（的）十七八，（噢）梳头（得）又缠脚，二老爹娘

① 段宝林：《〈白毛女〉与民间文艺》，《民间文化论坛》2012年第5期。

② 王音：《中国当代民歌语言艺术研究》，北京工业大学出版社，2018，第19页。

给咱小奴（咳）寻下婆婆家”对旧时河北省张北县的定亲情况进行了简单地描述：“择下黄道日，婆家要来迎，梳头匣子洗脸盆，还有一个穿衣镜。上穿大红袄，里面套着腰，天蓝衫衫马褂褂，柳叶绣个套套。下穿大红裤，丝线腰中缠，红花绣鞋花绣袜，三花绦子挑几副。黄花开满园，轿伕到门前，迎门进来我姐姐，把我抱在轿里边。前响上三声炮，后响一串鞭，轿伕抬着慢慢走，闪得奴家怪麻烦。奴家我开口骂，骂一声轿伕汉，阳关大道你不走，尽绕着大把弯。……丈夫他前引路，为妻慢移步，脚踏上这大红毡，怀抱着宝瓶壶。”[①] 这描述的是张北县的“亲迎”场面。

《张北县志》载：“由男家预备之女客二人，谓之搀亲人，到轿内，同时用女孩一人持一瓶内装稻米及金环，以五色线束之，俗谓之宝瓶，及染红之鸡蛋二枚与胭脂粉同置于茶盘内，随同搀亲人到轿前，搀亲人揭开新人盖头用鸡蛋在新人脸上滚之又用粉擦之，然后将宝瓶递在新人右手内……”“礼毕新郎捧书尺弓箭剑，手持马鞭入洞房门，门槛上置放马鞍以取平鞍之意……并用弓箭向屋内四隅各射一下……”这种

① 《中国民间歌曲集成》全国编辑委员会、《中国民间歌曲集成·河北卷》编辑委员会：《中国民间歌曲集成·河北卷（上、下册）》，中国 ISBN 中心出版，1995，第 765—766 页。

“怀抱宝瓶壶”“脚踩银鞍鞘”“四个拐角射四箭”[①]的婚俗与张北县独特的地理位置有关，张北县位于河北省西北部，内蒙古高原的南缘，处于蒙汉文化的交融地带。在民族交流互动过程中，张北县形成了蒙汉民俗文化交融背景下具有鲜明地域与民族特色的婚礼习俗。

（四）《没有共产党就没有新中国》

1943 年，文艺工作者曹火星创作出歌曲《没有共产党就没有新中国》。据曹火星自述创作经过：那是“1943 年进行反法西斯宣传，为儿童‘霸王鞭’写的一组歌曲的最后的一首歌，为了好记好唱好跳，歌曲节奏简练，乐句整齐，最早是‘没有共产党就没有中国’，1949 年进入北京、天津前，中央提出提法不妥，进城先不要唱。后群众自动加了‘新’字（我也是这时加上‘新’字的），这样很快就传遍了全

---

① 据《中华民族婚礼》载“蒙古族婚俗”中“佩弓娶亲”习俗：娶亲这一天，当螺号吹响，新郎即率领娶亲队伍扶弓拾箭，跨上骏马，腰间佩带牙筷和蒙古刀，威风凛凛地站在雪白的大毡上，接受祝颂。祝颂人高唱《弓箭赞》的时候，左手端起一碗鲜奶，右手持箭，用箭头蘸上几滴鲜奶，继而吟唱《骏马赞》。祝颂结束后，祝颂人再用鲜奶涂抹新郎和骏马。在亲朋好友高呼“贵体安康”的祝福声中，新郎和娶亲人一行，策马扬鞭，渐行渐远。鄂尔多斯蒙古族娶亲人队伍一般由四人组成，分别是新郎、祝颂人、伴郎和大宾，大宾带队。参见姜伯奎：《中华民族婚礼》，文化发展出版社，2020，第 293 页。

国”①。周巍峙认为《没有共产党就没有新中国》这首歌的魅力在于：“‘在中国人民面前摆着两条路，光明的路和黑暗的路’的时候，稍有理性的中国人，都已看清没有共产党的英勇抗战，就要亡国，于是，火星同志的代表真理、代表人民呼声的歌——《没有共产党就没有新中国》，便应运而生了。”②

表 3-1 《没有共产党就没有新中国》不同版本对比

年份	来源	题名	内容
1943	曹火星手稿	《没有共产党就没有中国》	没有共产党就没有中国 没有共产党就没有中国 共产党辛劳为民族 共产党一心救中国 他指给了人民解放的道路 他引导着中国走向光明 他坚持抗战六年多 他改善了人民生活 他建设了敌后根据地 他实行了民主好处多 没有共产党就没有中国 没有共产党就没有中国
1945	《晋察冀日报》 9月12日 第3版	《没有共产党就没有中国》	没有共产党就没有中国 没有共产党就没有中国 共产党辛劳为民族

① 王剑清、冯健男主编：《晋察冀文艺史》，1989，第 483 页。

② 周巍峙：《在战斗中成长，在苦学中提高——〈火星歌曲选集〉序》，引自火星作词曲：《火星歌曲选集》，百花文艺出版社，1984。

续表

年份	来源	题名	内容
1945	《晋察冀日报》 9月12日 第3版	《没有共产党就没有中国》	共产党一心救中国 它指给了人民解放的道路 它引导中国走向光明 它坚持抗战八年多 它改善人民生活 它建设敌后根据地 它实行民主好处多 没有共产党就没有中国 没有共产党就没有中国
1948	《群众歌曲选》	《没有共产党就没有中国》	没有共产党就没有中国 没有共产党就没有中国 共产党辛劳为民族 共产党一心救中国 他指给了人民解放的道路 他领导中国走向光明 他坚持抗战八年多 他改善了人民生活 他建设敌后根据地 他实行民主好处多 没有共产党就没有中国 没有共产党就没有中国
1949	《胶东日报》 6月19日 第4版	《没有共产党就没有新中国》	没有共产党就没有新中国 没有共产党就没有新中国 共产党辛劳为人民 共产党他一心救中国 他指给了人民解放的道路 他领导中国走向光明 他坚持抗战八年多 他改善了人民生活 他建设了广大解放区

续表

年份	来源	题名	内容
1949	《胶东日报》 6月19日 第4版	《没有共产党就没有新中国》	他实行了民主好处多 没有共产党就没有新中国 没有共产党就没有新中国
1950	正式版本	《没有共产党就没有新中国》	没有共产党就没有新中国 没有共产党就没有新中国 共产党辛劳为民族 共产党他一心救中国 他指给了人民解放的道路 他领导中国走向光明 他坚持抗战八年多 他改善了人民生活 他建设了敌后根据地 他实行了民主好处多 没有共产党就没有新中国 没有共产党就没有新中国

在不同版本的更迭中，《没有共产党就没有新中国》逐渐走向规范，尤其是对“新中国”[①]一词的改动，“既符合新中国成立的社会事实，也表现出民众建设新中国的美好愿景”[②]。此歌谣之所以能够成为承载革命记忆的符号，与民族民间形

① 中国共产党在民族民主革命过程中，为实现自身政治追求和建国主张，提出了一系列关于国家目标、国家性质、国家概念的文字表述，即“新中国”的国家符号。引自胡国胜：《中国共产党“新中国”符号的话语建构与历史演变》，《党的文献》2017年第1期。

② 杜潘：《〈没有共产党就没有新中国〉的生成及其政治功能研究》，《中共南京市委党校学报》2024年第2期。

式——“霸王鞭”的融合有着密不可分的关系。据资料记载，抗敌剧社的舞蹈队曾在郑红羽的指导下，根据民间旧有的形式，创造出儿童集体歌舞的新形式“霸王鞭”。经过各专业剧社的演出和示范，这种新形式的“霸王鞭”很快在边区各地儿童团、小学校中推广开来。据《晋察冀文艺史》载：

> 在“霸王鞭”旧有的形式中，队形缺乏变化，通常几个歌字都采用一种不变的队形，在歌曲唱终一段，由乐队演奏过门时队形仍无变化，“霸王鞭”的演出显得呆板凝滞，缺少生动活泼的气氛。与此相反，有地方的“霸王鞭”演出时则显得过于“花梢”，队形变幻不定，不但每支歌后变换队形和位置，甚至每句歌都要调换位置和穿插走动，使观众眼花缭乱，目不暇接，根本无法集中注意力来聆听演唱的歌词，反而降低了宣传的效果。[①]

“新霸王鞭”所做的第一个改造，便是将“霸王鞭”的队形和变换位置等加以规范化。“霸王鞭”的表演动作上，也做了一些规范化的要求和进行了若干新的创造，并从秧歌舞等民间舞蹈中吸收了一些表现热烈，欢快情绪的动作和步伐。在“霸王鞭”演唱歌曲的选择，歌曲内容的编排或组合及演

---

① 王剑清、冯健男主编：《晋察冀文艺史》，1989，第543页。

唱方式上，也有明确的要求和提示。如“霸王鞭”的演唱歌曲，宜选用一些节奏性强，旋律简单流畅，易于上口，且富有民族民间音乐情调的小调歌曲或创作歌曲。

（五）《歌唱二小放牛郎》

1941年的夏秋反“扫荡”，持续了将近半年的时间。1942年5月1日，侵华日军纠集日伪军五万余人，在华北驻屯军司令冈村宁次指挥下，对冀中军民发动了空前残酷、野蛮的“铁壁合围”式的大扫荡。[①] 作为西北战地服务团的成员，在晋察冀边区结束“反扫荡”活动后，方冰和劫夫回到驻地（据悉是平山和灵寿两县交界处的叫两界峰的小山村）。说起各人在反“扫荡”中的经历，提到许多可歌可泣的英雄人物和他们的英雄事迹，其中有男有女有老有少，完县（今保定市顺平县）野场惨案[②]的小英雄王璞，就是其中的一个。他们被这些平凡的英雄人物的英雄事迹深深地感动。

---

① 安智：《我所亲历的冀中反扫荡斗争》，《中国老区建设》2015年第9期。

② “1943年5月1日至8日，日伪军对我完县西北山区进行了空前的大‘扫荡’。日军所到之处，均遭到我军民的痛击。5月7日，日军在狼狈逃窜之际，在完县野场村东北石沟，对我手无寸铁的无辜群众实行了野蛮的大屠杀，制造了闻名全国的野场惨案。”参见吴营洲：《野场惨案追记》，《党史博采》1999年第4期。

劫夫说："我们把这些英雄人物的事迹都写成故事戏，使之广为流传，教育群众，还能够一代一代地流传下去，使我们的后人从歌子中就能知道这一段历史，不好吗？"

劫夫的提议正合乎我的心意，反"扫荡"回来后，我正在计划写一些平凡的英雄人物的叙事诗。

劫夫说："写成歌词，谱上曲子，让它在群众中流传开来不更好吗？"我说"好！"说干就干，我马上回到屋子找到一片纸头，半截铅笔，坐在台阶上构思了一下，用了大约一小时的时间，就写出了《歌唱二小放牛郎》。劫夫一看，哼哼了几遍，说是很抒情，叙事也简洁，他就着手谱了起来，大约也只是用了一个多钟头的时间就谱好了。唱给我听，我觉得曲子谱得很流畅，很优美，很有感情，有感人。

当他谱完《歌唱二小放牛郎》，我的第二个歌词《王禾小唱》也写出来了。《王禾小唱》写的是一个侦察员的故事，劫夫也用不长的时间就谱好了。

第二天，劫夫就拿着这两支歌曲到"少艺队"去教唱。接着团里的歌咏队也演唱了，于是就流传开来。《晋察冀日报》知道了，很快就发表了这两支歌曲。于是就传遍了全边区，甚至连敌占区的人民

也偷偷地唱了起来，听说很快就飞过敌人的封锁线

流传到其他的解放区去。[①]

歌谣《歌唱二小放牛郎》是基于“王二小”民间故事的口头传播得以诞生的。“词作者方冰故事性的词作讲述，娓娓道来，谙熟了民谣传播的通俗性，民谣携着民间故事一同飞扬。加之劫夫曲调的朗朗上口，利用河北民歌的一大特点谱曲，便是高起低落——也就是说民歌的首句首音必须是全曲的最高音，然后逐渐递落。《歌唱二小放牛郎》全曲的最高音出现在首句首音上，很好地吸收了观众的注意力，激发了听众听下去的欲望。紧接着，音高随着歌词的表达层层递落，表达出了作者的伤感与惆怅。”[②]

歌谣《歌唱二小放牛郎》叙事性很强，情感充沛，诙谐有趣：

牛儿还在山坡吃草，放牛的却不知哪儿去了，

不是贪玩耍丢了牛，那放牛的孩子王二小。

九月十六那天早上，敌人向一条山沟扫荡，山

沟里掩护着后方机关，掩护着几千老乡。

---

① 方冰：《〈歌唱二小放牛郎〉故事歌的产生》，《新文化史料》1995年第4期。

② 孙乃琨：《寻找英雄“王二小”——关于〈歌唱二小放牛郎〉的文本生成与媒介传播》，《民间文化论坛》2015年第5期。

正在那十分危急的时候，敌人快要走到山口，昏头昏脑地迷失了方向，抓住了二小要他带路。

二小他顺从地走在前面，把敌人带进我们的埋伏圈，四下里乒乒乓乓响起了枪声，敌人才知道受了骗。

敌人把二小挑在枪尖，摔死在大石头的上面，我们那十三岁的二小，可怜他死得这样惨。

干部和老乡得到了安全，他却睡在冰冷的山间，他的脸上含着微笑，他的血染红蓝的天。

秋风吹遍了每个村庄，它把这动人的故事传扬，每一个老乡都含着眼泪，歌唱着二小放牛郎。[①]

中华人民共和国成立后，王二小的故事被编进了小学课本。1992 年安徽电影制片厂联合北京电影制片厂拍摄了 77 分钟的电影《少年英雄王二小》，主要故事梗概为：

抗日战争时期，有个山村放牛娃叫王二小，9 岁的二小，目睹父母和乡亲们惨死在日本侵略者屠刀下的情景。心中充满了对日寇的仇恨。一天，二小和伙伴牛牛在激战后的战场上拣到一支手枪，为

① 方冰作词；劫夫作曲；姚思源配伴奏：《歌唱二小放牛郎 边区儿童团之歌》，音乐出版社，1963。

此，险些闯下大祸，村妇救会主任兰英狠狠地批评了二小。自从二小的父母惨死后，兰英就担当起哺养教育二小的责任，并教他学习文化，使二小逐渐懂得了许多道理。一次，二小和牛牛正在放牛，发现山路下有位大胡子叔受了重伤，两人奋不顾身地奔去营救。大牛叔叔和兰英姑姑在简陋的条件下为大胡子叔叔做手术，二小在一边写下“我们是中国人”的大字，鼓励大胡子叔叔挺住。八路军在抗日战场喜报频传，日寇为挽回失败的残局，疯狂地对根据地进行扫荡，兰英和二小受命分头给八路军送信，途中，二小被日军抓去关进军营里，他却机智勇敢地炸毁敌人的军营逃了出来。回来的路上，他遇到负伤的兰英，得知村里出了叛徒，兰英让二小赶快把这消息告诉八路军政委，历经艰辛的二小终于找到队伍，完成了送信任务。他与战士小张一同回来寻找兰英。在破庙里，他们发现了兰英留下的小铃铛。二小预料情况不妙，他们赶到村子里，看到敌人正在屠杀乡亲们，兰英被绑在大树上。近在咫尺的二小不能救兰英姑姑，心里一急，将脚下的石头碰倒惊动了敌人。敌人将小张和二小追至悬崖。小张英勇牺牲，二小悲痛欲绝。兰英、小张和乡亲们的死深深震撼了二小的童心。为掩护乡亲们及八路军伤病员安全转移，二小用歌声牵住敌人，机智地把敌人引进了埋伏圈，可他却献出了年仅9岁的生命。[①]

（六）《探清水河》

《探清水河》是源自北京清水河畔火器营的民间歌谣，唱词主要讲述烟馆老板女儿与男子恋爱“越轨”遭父母反对而投河自尽的悲剧。此歌谣经说唱艺人的唱诵及书商的印刷发行而广泛流传，在河北省深泽县一带广为流传。

1924年第74号的《歌谣》周刊“本刊征题九”题目即为“蓝靛厂哭五更（代叹清水河）”，题后所附说明为：

> 听说清中叶的时候，在京西蓝靛厂地方，有少年男女二人，甚为要好，时相往来，结果女一人身怀有孕了。他的父亲是那个地方很站得起来的人物，（所谓虚子是也）不能栽这个跟头，就逼他女儿非跳河去不可。赶到他领着他女儿去跳河的时候，他女儿在路上，一边走着一边唱。唱的是什么呢？不过

---

① 中国电影艺术研究中心、中国电影资料馆编：《中国影片大典：故事片·戏曲片1977—1994》，中国电影出版社，1996，第1057页。

就是她同她的“欢”两人当初怎样怎样的要好，全都叙述出来，用五更的调子来唱，委曲婉转，哀艳非常。唱到五更的时候她叫着她的“欢”说：你如果不来，我就要看不见你了；然而始终没有来，她就跳河死了。后来她的“欢”听见说了，悲痛得什么似的，就来至清水河边，痛哭一场，哭完了唱了；末了，也投河自尽了。这回事情传出去了，刻了唱本儿，就叫蓝靛厂哭五更带叹清水河。她的父亲知道了，拿钱将它买回，一方面托官厅禁止，所以这个东西绝版了，失传了。但是偶然的碰见五六十岁的老头子，赶巧他高兴，还能听见一两句，——在澡堂子里的时候居多——可是，这时候很少了。①

1933年，学者李家瑞在《北平俗曲略》中将《探清水河》记录为“窑调”的一种。“往时北平的下等妓院，没有正式的房屋，大都用土砖茅草，随便搭成，所以称‘窑’或‘窝’（其地在天桥东金鱼池），此中所唱的调子，即称‘窑调’，其词句多半是临时凑成。如，女的唱有情的词句，则男的亦答之以有情的词句；若女的唱无情的，或谩骂的，则男的亦必还之以更无情的，更谩骂的。如此一对一答，必至

① 《征题·本刊征题九》，《歌谣》周刊1924年第74期。

酿成殴斗而后已，所以屡被官方严厉禁止。”[①]民国时期，《探清水河》逐渐演变为一种唱卖的歌曲，故其中有“在其位的明公细听我来言”句，然而窑调的本色还完全存在，如，称姓“松”的为“长青万字”，名“莲”的为“荷花万字”，这种“万字”的隐语，只有妓院里通用。

《探清水河》描写大莲与小六情爱最深切的部分在二更至四更的段落，歌词以递进式的叙述形式表现节奏的紧张感。“二更鼓儿敲，小六爬墙头，又惊动大莲美貌的女娇娃，高叫声六郎哥哥打门里进来吧。三更半儿天，大莲泪涟涟，可恨儿的妈光顾吃大烟，耽误了我的婚姻大事，谁不知过了青春儿时还有少年。四更鼓儿深，儿的妈她知情，不害羞的小丫头败坏我门庭，今夜晚拿一条绳子活活抽死你，你要是再想活着这个事情万不能。四更鼓儿多，大莲泪簌簌，这前思后想我是不能活，迈步跑出了大门以外，将身子一蹦就跳了这清水河……”[②]

2006年8月，中央电视台音乐频道“民歌·博物馆”栏目推出《老北京情歌——〈探清水河〉》专题；2017年2月14日，张云雷第一次在相声剧场的舞台上用吉他伴奏，演唱

---

① 李家瑞：《北平俗曲略》，文津出版社，2018，第131页。

② 《中国民间歌曲集成》全国编辑委员会、《中国民间歌曲集成·河北卷》编辑委员会：《中国民间歌曲集成·河北卷（上、下册）》，中国ISBN中心，1995，第864页。

民谣版的《探清水河》；2021 年《行走的歌谣》[1] 节目利用古籍、报纸、回忆录等图文影音资料考证《探清水河》叙事，并搜集当下的口头演唱，蓝靛厂因该曲更加知名；2022 年由老舍作品改编的话剧《月牙儿·太阳》[2] 将《探清水河》融入台词。剧中小善人拦住欲跳河的月牙儿，说了句“在这儿演《探清水河》呢？”反映清末旗人女性生存的一个侧面；2023 年 4 月 1 日，长河故道恢复通航，“皇家御河游船”项目开发了颐和园到动物园的航线，途经火器营、麦钟桥、万寿寺、紫竹院公园等，船上语音播报讲解《探清水河》与旗营文化，增强游客的在地体验。《探清水河》在流域传播的过程，也是重新塑造连接自我—他人、地方—世界的多重关联网络的过程。歌谣为文化的“认同”提供了一种物质表征和真实存在，而歌谣的“在地化”（localization）又将物质现实转化为身份认同的代表性符号。

---

① 导演：张其佳；主演：鲍元恺、张其佳、黄诗扶、宋荣琴、何红玉；类型：纪录片；制片国家 / 地区：中国大陆；语言：汉语普通话；首播时间：2021 年 4 月 13 日。

② 该话剧由隆福文工团导演及编剧，根据老舍小说《月牙儿》《阳光》改编，2022 年 7 月 13 日在北京东城工人文化宫红剧场演出。

第四章
河北歌谣与中华民族共同体意识的凝铸

“一个民族之形成和发展，实与其种族中共同生活的民族意识有关，此种意识，虽因时代不同，但有其一贯的精神表现，此种表现，在文学上最为显著。”[①] 歌谣等民间文学作为“共同生活的民族意识”之“返影”，亦为形成“民族精神之原动力”。

一、民间文学资源：构筑中华民族共同体意识的深厚根基

自 19 世纪中后期，在民族主义思潮的影响下，持变革观念者就开始从历史、形式 / 内容、功能、比较、文化等维度对中国既有之文学资源进行重估，并将目光投向“民间”，

① 絜如：《文学与民族》，《众志月刊》1934 年第 2 期。

希望借助传说、歌谣、神话等民间文学资源的搜集、整理及创编，将它们改造为“唤醒民族精神的催化剂”[①]。在这一过程中，民间文学成为构建与完善民族国家叙事的重要组成部分，发挥着极为重要的作用。如，对广泛流传于我国壮族、苗族、瑶族、毛南族、仫佬族等民族地区的蛇郎故事的搜集整理较早见于1913年周作人谈到的“儿时所闻”越地童话《蛇郎》，周引述此故事意在“稍加释证中国的‘异类婚’童话”[②]。其后，《民众文学》《语丝》《小说月报》《民俗》等刊物陆续刊载了《菜瓜蛇的故事》《蛇郎精》《蛇郎》《七姐嫁蛇郎（童话）》《蛇郎　东莞童话》《蛇郎故事　广东惠来的传说》[③]等。这些“蛇郎”故事整合了民族地区民众的文化认同与共有观念，在叙事中蕴含着中华民族历史演进过程中的经验总结与民间表述。

---

① 张举文：《文学类型还是生活信仰：童话在中国的蜕变及其思考》，《民族艺术》2019年第6期。

② 周作人：《附录：童话研究》，《教育部编纂处月刊》1913年第7期。

③ 胡寄尘：《中国民间文学之一斑》，《民众文学》1923年第4期；雪林：《菜瓜蛇的故事》，《语丝》1925年第42期；张荷：《蛇郎精》，《语丝》1925年第50期；徐蔚南：《蛇郎》，《小说月报》1925年第10期；马为一：《七姐嫁蛇郎（童话）》，《民俗》1928年第31期；袁洪铭：《蛇郎　东莞童话》，《民俗》1930年第108期；方怀我：《蛇郎故事　广东惠来的传说》，《民俗》1930年第104期。

为了“唤起国魂”“振兴民族”，除了展开对民间文学的搜集整理之外，知识分子还着意凸显中国民族英雄的光荣谱系，“将上起秦汉、下迄明清，前后二千年间的历史人物，扯出其原有的历史脉络，重加评骘、编次甲乙，终至为近代中国的国族认同修建了一座华丽璀璨的殿堂——民族英雄的万神庙”。[①] 有关大禹、炎帝、黄帝、屈原、岳飞、文天祥、成吉思汗等民族英雄的传说故事所形塑的“民族英雄系谱”推动了近代中国国族想象，也形成了中华民族共同体意识的客观基础。

中华民族共同体并非一种“想象的共同体”，而是依托历史、现实与话语的多重的“实在性存在”。[②] 从“中华民族”提出伊始到学人们对这一概念的系统阐述，对“中华民族共同体”的深刻认知早已镌刻在民众的血脉之中。民族是在一定的历史发展阶段形成的稳定的“人们共同体”，民族意识的形成，需要经历一个“从自在到自觉的过程”[③]。以此观点把握民间文学对中华民族共同体意识凝铸的重要意义，就有必

---

① 沈松侨：《振大汉之天声：民族英雄系谱与晚清的国族想像》，《中央研究院近代史研究所集刊》2000 年第 33 期。

② 刘大先：《多民族文学的中华民族共同体意识问题》，《中国当代文学研究》2021 年第 3 期。

③ 费孝通主编：《中华民族多元一体格局》，中央民族大学出版社，1999，第 9—10 页。

要在自在、自觉的基础上，思考民间文学的自为状态。特别是民间文学的生成契机、历史发展与情节演变，不仅承载着中华民族的精神内核，还形塑着代际间的中华民族的心理结构，赓续着中华民族的文化根脉。

第一，民间文学在“吸收、置换与整合”[①] 中体现了中华民族共同体意识的表现形态。如河北歌谣中呈现出“你中有我，我中有你，交融一体”[②] 的独特样态，无论是有关隋炀帝、郭守敬、杨家将等人物的功绩书写，还是义和团运动等历史事件的史事传说，抑或鲁班、张果老、关公等传说人物的神异事迹，均承载着民众丰富的文化记忆，凸显了多民族文化的“兼容性”。

第二，民间文学自身发展的历史也彰显了中华民族共同体意识的凝铸历程。从抢救民族文化遗产到多民族民间文学搜集整理，再到民间文学搜集整理原则争论及“整理”与“再创作”讨论中民间文学“文本”的写定，民间文学从诞生就与中华民族共同体意识的凝聚紧密结合在一起。在歌谣、传说及故事讲述中，不仅包含“四海兄弟，天下一家”的天下观和“因族而治，中华一统”的中国观，还有“有教无类，

---

① 钟焓：《吸收、置换与整合——蒙古流传的北京建城故事形成过程考察》，《历史研究》2006 年第 4 期。

② 纳日碧力戈、张梅胤：《中华民族共同体的三元观》，《广西民族研究》2022 年第 2 期。

华夷一体”的夷夏观。

第三，民间文学中蕴含着凝铸中华民族共同体意识的时代要求。以历史传说故事歌为例，歌谣文本在主题选择、情节建构、人物塑造等方面共同构成中华民族共同体意识的重要组成部分。河北歌谣从不同向度和维度显现出对民众生活与真实情感的关照，所传达的一系列积极向善的价值观也更易达成不同文化间的相互理解。从根本来说，民间歌谣在凝铸中华民族共同体意识中具有天然的优越性，能够“有形、有感、有效”地描绘可亲、可敬、可爱的中华民族形象。[①]

二、河北歌谣凝铸中华民族共同体意识的内在张力

中华民族共同体意识指的是“中华民族共同体建设过程中形成的中华民族共同心理意识”[②]。河北歌谣本身即为中华民族共同体意识的一种知识构成，为铸牢中华民族共同体意识提供了广阔的想象空间。

河北歌谣中生活歌、仪式歌、历史传说故事歌最具代表

---

① 艾易斯：《“有形、有感、有效”：铸牢中华民族共同体意识的工作要求》，光明网，https://m.gmw.cn/baijia/2022-09/13/36021850.html，2022 年 9 月 13 日。

② 梁鹏遥、杜双鹤、李建森：《意义诠析、功能拓新与路径选择：用地理符号铸牢中华民族共同体意识》，《贵州民族研究》2024 年第 2 期。

性和地域特征。作为历史叙事和官方话语表达及精英写作的补充，河北歌谣为加强、培育和铸牢中华民族共同体意识提供了深厚的历史根基、文化实证及精神动力。

在意识凝聚方面，河北歌谣反映了民众独特的生活记忆，他们借歌谣抒发个人情感，表达生活理想，也借歌谣赞美无名英雄，叙说历史人物的轶事，如歌谣《檀香哭瓜》中的小女儿檀香为了让母亲在腊月天吃上甜瓜，她脱下棉衣换上单衣裳，跪到后花园里雪堆上，“小檀香哭到一更鼓，惊动菩萨拿出瓜籽忙安上。小檀香哭到二更鼓，小甜瓜出来撩倒了秧。小檀香哭到三更鼓，开了黄花闹嚷嚷。小檀香哭到四更鼓，小甜瓜结了一尺长。小檀香哭到五更鼓，甜瓜蒂落离了秧……亲娘吃甜瓜喷喷香，好了重病离了象牙床”[①]；在知识传承方面，民众可以从河北歌谣中获得许多关于日常生活、地理、博物、风俗等方面的常识，甚至某种专门性的药学知识，如，歌谣《摇钱树》：“小灰鸽，咕咕咕，俺家种上摇钱树。什么树，红果树，红果营养真丰富。爷爷摘下来酿酒，奶奶切片入药铺。红嘟嘟，饱乎乎，一树一树又一树，满山满沟

① 《中国民间文学集成》全国编辑委员会、《中国歌谣集成·河北卷》编辑委员会、《中国歌谣集成》全国编辑委员会、《中国歌谣集成》各省编辑委员会：《中国歌谣集成·河北卷》，中国 ISBN 中心，2009，第 321—322 页。

摇钱树。”[①] 在认同建构方面，河北歌谣承载着各民族文化的多样性、多元化、自主性与独立性，以和衷共济的态度在民间叙事中实现多民族的和谐相处与共同发展。存续其中的“地理符号”是各民族人民长期共同生活实践的产物，“既蕴含了中华民族共同体实体形象，又能指征铸牢中华民族共同体意识的价值向度”。[②] 如，《巧媳妇擀面唱古人》生动记述了中原与边疆、多民族之间的社会互动和文化交往，将“镇守三关杨六郎”“寡妇征西凉”“杨排风的烟火棍”等与宋太宗征幽州与遣将北征的历史记载相互呼应。

三、河北歌谣凝铸中华民族共同体意识的现实路径

“铸牢中华民族共同体意识内在要求不断提升中华民族共同体认同。”[③] 河北歌谣作为多民族共享的文化符号，能够激发和培育民众的文化认同感与自信心。如，流传于运河流域的

---

① 《中国民间文学集成》全国编辑委员会、《中国歌谣集成·河北卷》编辑委员会、《中国歌谣集成》全国编辑委员会、《中国歌谣集成》各省编辑委员会:《中国歌谣集成·河北卷》，中国 ISBN 中心，2009，第 478 页。

② 梁鹏遥、杜双鹤、李建森:《意义诠析、功能拓新与路径选择：用地理符号铸牢中华民族共同体意识》,《贵州民族研究》2024 年第 2 期。

③ 胡仕坤:《文化符号视域中的中华民族共同体认同》,《河南师范大学学报》(哲学社会科学版) 2022 年第 4 期。

风物歌谣将与民众日常生活密切相关的运河记忆转化为文化的“内驱力”，充分开掘运河意象，加固了国家、群体乃至个人的文化认同。[①] 河北歌谣作为多地域、多民族文化交融、互通、共生的文化“印迹”，是中华民族共有、共享的精神遗产，其传承和发展对中华民族共同体意识的凝铸具有极为重要的意义。

首先，河北歌谣内容展现地方富有特色的人文叙事与空间景观，呈现出层累的“地方”特色。如，流传在大名县的《龙女传》叙述了龙女下凡替父报恩的故事，还有一些与龙神信仰相关的“决术歌”，如《求雨歌》“一炷香请动了观音老母，二柱香请动了本宅灶王，三炷香请动了当城土地，四柱香请动了东海龙王。食香火解民悬众仙莫辞，降甘霖除旱魔恩泽四方”。[②] 除歌谣外，河北白洋淀附近的端村还有“秃尾巴老张”的传说，据当地人讲，端午庙会所祭的五爷是文殊菩萨化身，为救苍生曾与四海龙王投了未嫁张姓女子的凡胎，降法雨施甘霖救济灾荒。由于不小心显露真身惊吓到其生母，

---

① 毛巧晖：《民间传说、革命记忆与历史叙事——以运河流域英雄人物传说为中心的讨论》，《中国传统文化研究》2021 年第 1 期。

② 《中国民间文学集成》全国编辑委员会、《中国歌谣集成·河北卷》编辑委员会、《中国歌谣集成》全国编辑委员会、《中国歌谣集成》各省编辑委员会：《中国歌谣集成·河北卷》，中国 ISBN 中心，2009，第 226 页。

其母掩门而不敢视，掩门过程中五爷尾巴被门夹断一截。河北封龙山也流传着“秃尾巴老张”的传说：传说封龙山南边的小河边有一个张家庄，有个人叫张国卫，年逾四十老婆才怀孕生子，怀孕三年生了一个怪物：“黑不溜鳅的长身子，四条爪子和一根又粗又大的尾巴，稀稀拉拉的几根硬胡子，两只鱼一样的大眼，还夹着一股腥气味，真象一只蝎虎子。”[①] 夫妻俩很害怕，狠心拿起菜刀，将怪物的尾巴剁下一截，鲜血直流，后因不忍，将怪物扔进了村东边的老龙潭。其后怪物多次化形为人来到家中看望父母，庇佑乡亲，变为原形时是一条没尾巴的龙，这类传说为广泛流传于中国北方的“秃尾巴老李”[②] 之异文，情节中的诞生、断尾、助人情节与当地老龙潭、媳妇石等地方景观“连缀”。

其次，河北歌谣中蕴含着各民族共生、共有及共享的文化符号，伴随着频繁的族群互动，包蕴其中的集体记忆、地方叙事与个体认知相互交织，寄寓着人们对美好生活的期许，

---

① 王吉忠、张景林编著:《封龙山的传说》，中国工人出版社，1994，第 13 页。

② “这一类型的绝大多数文本讲述了在山东（山东为主）出生的一条黑龙（或蛇等），被父亲（或舅舅、哥哥、姥爷等）砍断尾巴后远离家乡飞至黑龙江，并在山东老乡（或当地百姓）的全力协助下打败兴风作浪、危害一方的白龙，成为守护黑龙江、深受民众信仰和敬爱的神祇。”引自季中扬、马海娅:《龙母传说的北向传播与“秃尾巴老李”故事的来源》，《文化遗产》2019 年第 2 期。

凝聚着各民族民众的文化共识。如，《韩湘子讨封》用大量篇幅详细讲述了作为八仙之一的韩湘子受封成仙的故事。文中提到的韩湘子，据传是韩愈的侄子，素性不凡，厌繁华、喜恬静，刻意修炼，潜心奇术。在传说中，他常为书生形象，却不恋仕途，而为农民争地，为渔民解困，与龙王斗智，敢于戏弄皇帝。也许正是因为韩湘子所具有的淡泊名利、扶危济困的精神品格，才被老百姓所喜爱，并以歌谣为媒介，将其事迹代代流传。八仙传说最早发轫于唐宋，最终形成于元明，原本是道教传说，但在流传中，八仙传说逐渐形成了一个庞大的传说群，由于其所反映的惩恶扬善、济困扶危、不畏权贵、不嫌贫贱、同情弱者、乐善好施等的思想，得到下层老百姓的喜爱和接受，逐渐趋向生活化、世俗化，充满了人情味和世态相。

最后，河北歌谣是多民族共同情感的集中展现。如，流传于阜平和沽源的歌谣《走西口》，历史上“走西口”与闯关东、下南洋一起被称为明清以来的“三大移民运动”。走西口移民史既是晋、陕、冀贫苦农民向塞外迁徙发展、谋求生存的历史，也是蒙汉两个民族交往、交流、交融的历史，还是以内蒙古中西部为核心地带的蒙汉交汇区文化重构的历史。歌谣《走西口》反映了移民历史对民众精神生活和情感世界的影响。通过演述“走西口”移民历史，民众“拟想、创造和再造”其所在区域的历史，并创造了共同的家乡与祖先，一定程度上阐明了“我们是谁”与“他们是谁”的问题，这一过程不仅建构起了区域内的民族认同，更为共同体的建构提供了可能。河北歌谣深入到民众的日常情感，彰显了多地域、多民族民众之间深刻的情感维系和文化认同。经由民间叙事演绎的真实历史被以一种浪漫化、寓言化的形式呈现，通过共同想象和集体讲述，有力助推了共同历史记忆的形成，为中华民族共同体意识的凝铸提供了助益。

“各民族之所以团结融合，多元之所以聚为一体，源自各民族文化上的兼收并蓄、经济上的相互依存、情感上的相互亲近，源自中华民族追求团结统一的内生动力。”① 河北歌谣中包含着“古老的文化观念和深远的精神根源”②，展示着历史记忆和个体感知中的民族交往、交流、交融，唤醒与激活了存续在民众血脉之中的文化认同感，对中华民族共同体意识的凝铸具有极为重要的价值。

---

① 习近平：《在全国民族团结进步表彰大会上的讲话》，《人民日报》2019年9月28日，第2版。

② 王文章：《非物质文化遗产保护研究》，文化艺术出版社，2013，第7页。

余　论
河北歌谣的多维阐释及传承路径

2004年我国正式加入《保护非物质文化遗产公约》，2011年颁布《中华人民共和国非物质文化遗产法》，二十年间，随着各地方政府如火如荼开展非遗项目申报及保护工作，河北歌谣的演述类型及其文本形态日益呈现出多样性的特征。尤其是在提倡对传统文化资源进行创造性转化与创新性发展的当下，河北歌谣更是以其独特的艺术品格被利用、转化为弘扬地方文化，促进文旅融合的优秀文化资源。

如，《没有共产党就没有新中国》纪念馆[①]在“序厅”以“人民的心声、历史的旋律”主题雕塑来展现中国共产党领导下的各族同胞高歌《没有共产党就没有新中国》的情境，其后分别用“革命歌谣　燎原星火”“抗日战歌　波涛汹涌”“解放之歌　不忘初心”三个展厅展开叙事。“革命歌谣　燎原星

① 位于北京霞云岭森林公园红歌源自然风景区。

火”展厅将武装起义和井冈山斗争时期、农村革命根据地建设中和反“围剿”斗争中的歌谣以一种具象化的形式加以呈现，其中，选取“重点歌曲”《长征组歌》设计 270° 沉浸空间，实现雪山、草地、胜利捷报等场景的实景体验。[①]“抗日战歌　波涛汹涌”展厅中主要展示“九一八”事变后、战略防御、战略相持、战略反攻阶段的歌谣，如，《黄河大合唱》通过触摸联动沉浸式动态半景画，结合冼星海雕塑，再现了“革命群众在黄河之滨慷慨高歌的雄壮图景”；《东方红》则与油画《延安火炬》相结合进行展示。[②]“解放之歌　不忘初心”展厅则将复原的天安门城楼场景与中华人民共和国国歌《义勇军进行曲》进行结合，通过技术手段使观众身临其境，宛若置身城楼之上，感受“开国大典以及阅兵盛况”的高清投影带来的视觉震撼。“‘感觉’是生命中特有的认知世界的方式”[③]，《没有共产党就没有新中国》纪念馆综合运用空

---

① 杨茗、田洪茹：《〈没有共产党就没有新中国〉纪念馆之“革命歌谣　燎原星火”展厅设计效果实景图（一）》，《艺术市场》2021 年第 9 期。

② 杨茗、田洪茹：《〈没有共产党就没有新中国〉纪念馆之“抗日战歌　波涛汹涌”展厅设计效果实景图（二）》，《艺术市场》2021 年第 10 期。

③ 王祖远：《“五感”激发为中心的展陈设计策略——以日本感觉博物馆为例》，《中国博物馆》2020 年第 1 期。

间、光影、声音、触感、材料等手段，充分激发人的感知维度，将红色歌谣与雕塑、空间、油画、光影等艺术媒介结合，使人们在参观过程中形成独特的个人体验。

非遗保护视域下河北歌谣的传承与发展无疑是一种“叙述的回归”。落实到日常生活中的博物馆、纪念馆展览，舞台演出、音视频节目等物质及非物质文化之上，逐渐形成一种多数人认可的叙事与实践。如，河北省艺术中心创排的民族歌剧《雁翎队》[①] 将河北民歌及其他艺术素材融入歌剧音乐中，第一场《集市叫卖》《大抬杆》中民歌的运用，既完成了民歌的时代化演绎，又致敬了经典民歌。

近年来，在非遗话语的影响下，河北歌谣的传承发展逐渐向着“资源化”“标准化”的方向发展。河北歌谣在未来的发展中，需要注重景观生产与传播的地域性、民族性；探寻对河北歌谣精神内核的承继及对中华民族共同体意识的建构路径，为构建具有国内外影响力、感召力和解释力的河北歌谣保护话语体系奠定基础。对于河北歌谣中多民族文化交流互融、共性的探讨，亦可为新时代中华民族命运共同体的凝

---

① 此剧以张淀生回乡组织抗日为主线，以英莲与哥哥刘金财之间信仰冲突，英莲与恋人张淀生以及小菱、张大娘之间的革命情感叙事为副线，赞颂了雁翎队投身抗日革命洪流，奋勇顽强、不畏牺牲的爱国主义精神。

铸提供经验。[1]

在未来发展中，除了政府政策、资金的扶持外，还应借助大数据和云平台，依靠融媒体和互联网的技术力量，实现河北歌谣的广泛传播；重视传承人的培养，尤其要注重队伍的“年轻态”；重视河北歌谣的宣传教育作用，探索其精神性与时代性。我们需要把握河北歌谣面临的新形势、新任务、新要求，着力把河北歌谣的传承与传播同社会主义核心价值观培育、精神文化建设相结合，使其成为树立文化自信、展示中国道路、构筑中国精神、分享中国价值、传递中国力量的重要载体。非遗保护视域下河北歌谣的传承及发展应立足当下，正确认识河北歌谣的历史延承脉络，把握近年来融媒体技术的发展给非遗保护带来的机会与挑战，在推进价值转化的同时，重视其“文化”属性的凸显，唤醒与激活潜藏在民众血脉中的文化基因。

---

① 毛巧晖：《非遗保护视域下红色歌谣的传承及发展》，《中国非物质文化遗产》2023 年第 5 期。

参考文献

期刊

[1] 周作人：《读武者小路君所作〈一个青年的梦〉》，《新青年》1918 年第 5 期。

[2] Q（胡适）：《歌谣的比较的研究法的一个例》，《努力周报》1922 年第 31 期。

[3] 舒大桢、顾颉刚：《我对于研究歌谣的一点小小意见》，《歌谣》周刊 1923 年第 38 期。

[4] 胡怀琛：《采访民间歌谣之管见》，《国学周刊》1924 年第 53 期。

[5] 董作宾：《一首歌谣整理研究的尝试（未完）》，《歌谣》周刊 1924 年第 63 期。

[6] 王肇钧：《大名妇女歌谣研究》，《期刊》1934 年第 2 期。

[7] 亚葵：《妇女与家庭：从歌谣中去检讨农村妇女生

活》,《绸缪月刊》1936 年第 5 期。

[8] 张学新:《晋察冀文艺运动大事记(1937.7—1948.12)》,《新文学史料》1986 年第 1—4 期。

[9] 方冰:《〈歌唱二小放牛郎〉故事歌的产生》,《新文化史料》1995 年第 4 期。

[10] 沈松侨:《振大汉之天声:民族英雄系谱与晚清的国族想像》,《中央研究院近代史研究所集刊》2000 年第 33 期。

[11] 刘正维:《我国民间音乐的调式型号与板块分布》,《中央音乐学院学报》2003 年第 2 期。

[12] 徐新建:《官方参与与国家行为——民国早期“歌谣运动”中的学、政关系》,《民族艺术研究》2006 年第 3 期。

[13] 路云亭:《义和团仪式的风俗学考察》,《中国文化研究》2009 年第 3 期。

[14] 耿殿龙:《抗战时期晋察冀边区诗歌运动情况概述》,《中北大学学报》(社会科学版)2013 年第 2 期。

[15] 齐易:《论河北民间音乐色彩区的划分》,《黄钟》(武汉音乐学院学报)2016 年第 1 期。

[16] 胡小满:《民歌研究的一例“学案”——〈河北民间歌曲选〉采集与编辑研究》,《音乐研究》2016 年第 1 期。

[17] 毛巧晖:《越界:1958 年新民歌运动的大众化之路》,《民族艺术》2017 年第 3 期。

[18] 袁先欣:《“到民间去”与文学再造:周作人汉译石

川啄木〈无结果的议论之后〉前后》,《中国现代文学研究丛刊》2017年第4期。

[19] 潘祥辉:《“歌以咏政”：作为舆论机制的先秦歌谣及其政治传播功能》,《新闻与传播研究》2017年第6期。

[20] 程梦稷:《从“新国风”到“歌谣学”——顾颉刚吴歌研究的回顾与思考》,《民俗研究》2022年第1期。

[21] 纳日碧力戈、张梅胤:《中华民族共同体的三元观》,《广西民族研究》2022年第2期。

[22] 陈星:《土地革命战争时期“革命歌谣”对民歌的利用》,《音乐艺术》(上海音乐学院学报)2022年第4期。

[23] 胡仕坤:《文化符号视域中的中华民族共同体认同》,《河南师范大学学报》(哲学社会科学版)2022年第4期。

[24] 崔若男:《近代西方人中国儿歌翻译话语研究》,《民间文化论坛》2022年第5期。

[25] 施爱东:《看见她，歌谣中的理想美人——董作宾歌谣研究的百年对话》,《学术研究》2022年第6期。

[26] 张慧瑜:《“火车头”：作为基层传播媒介的冬学运动及其对妇女翻身的影响——以晋冀鲁豫根据地(1937—1948)为例》,《妇女研究论丛》2023年第2期。

[27] 杜潘:《〈没有共产党就没有新中国〉的生成及其政治功能研究》,《中共南京市委党校学报》2024年第2期。

[28] 梁鹏遥、杜双鹤、李建森:《意义诠析、功能拓新与

路径选择：用地理符号铸牢中华民族共同体意识》,《贵州民族研究》2024年第2期。

报纸

[1] 知白（沈知白）:《中国近世歌谣叙录》,《大公报》1929年4月29日，第15版。

[2] 平子:《河北南部歌谣中之妇女生活状况》,《中央时事周报》1934年第18期。

[3] 李岳南:《论歌谣》,《大公报》1949年5月23日，第5版。

[4] 习近平:《在全国民族团结进步表彰大会上的讲话》,《人民日报》2019年9月28日，第2版。

著作

[1] 刘经菴:《歌谣与妇女》，上海：商务印书馆，1928年。

[2] 刘王立明:《中国妇女运动》，北京：商务印书馆，1934年。

[3] 天鹰:《一九五八年中国民歌运动》，上海：上海文艺出版社，1959年。

[4] 斯诺:《中国新女性》，康敬贻、姜桂英译，北京：中国新闻出版社，1985年。

[5] 王剑清、冯健男主编:《晋察冀文艺史》，1989年。

[6] 江玉亭编著：《河北地方音乐》，石家庄：河北科学技术出版社，1993 年。

[7] 张继光：《民歌〈茉莉花〉研究》，台北：文史哲出版社，2000 年。

[8] 汪晖：《地方形式、方言土语与抗日时期“民族形式”的论争》，《现代中国思想的兴起》（下），北京：生活·读书·新知三联书店，2008 年。

[9] 乔建中：《土地与歌》，上海：上海音乐学院出版社，2009 年。

[10] 谢保杰：《主体、想象与表达：1949—1966 年工农兵写作的历史考察》，北京：北京大学出版社，2015 年。

[11] 柯文：《历史三调：作为事件、经历和神话的义和团（典藏版）》，杜继东译，北京：社会科学文献出版社，2015 年。

[12] 贺萧：《记忆的性别：农村妇女和中国集体化历史》，张赟译，北京：人民出版社，2017 年。

[13] 李家瑞：《北平俗曲略》，北京：文津出版社，2018 年。

[14] 王音：《中国当代民歌语言艺术研究》，北京：北京工业大学出版社，2018 年。

[15] 杜浩、王保超：《河北大运河文化带发展策略研究》，武汉：武汉大学出版社，2022 年。

[16] 毛巧晖：《民间歌谣与社会记忆：1919—1949》，北

京：学苑出版社，2022年。

资料集

[1] 人民教育社辑：《农民识字教育的组织形式和教学方法》，上海：新华书店，1950年。

[2] 中央音乐学院民族音乐研究所编辑：《中国民歌选（第三集）大跃进民歌专集》，北京：音乐出版社，1958年。

[3] 上海文艺出版社编：《新歌谣和革命传说专辑 民间文学集刊第五本》，上海：上海文艺出版社，1959年。

[4] 郭沫若、周扬编：《红旗歌谣》，北京：红旗出版社，1959年。

[5] 河北省民间文学研究会编：《河北歌谣》，北京：人民文学出版社，1960年。

[6] 河北省民间文学研究会编：《河北歌谣》，天津：百花文艺出版社，1961年。

[7] 魏巍编：《晋察冀诗抄》，北京：中国青年出版社，1984年。

[8] 火星作词曲：《火星歌曲选集》，天津：百花文艺出版社，1984年。

[9]《中国民间歌曲集成》全国编辑委员会、《中国民间歌曲集成·河北卷》编辑委员会：《中国民间歌曲集成·河北卷（上、下册）》，北京：中国ISBN中心，1995年。

[10] 黎仁凯主编:《直隶义和团调查资料选编》，石家庄：河北教育出版社，2001 年。

[11]《中国民间文学集成》全国编辑委员会、《中国歌谣集成·河北卷》编辑委员会、《中国歌谣集成》全国编辑委员会、《中国歌谣集成》各省编辑委员会:《中国歌谣集成·河北卷》，北京：中国 ISBN 中心，2004 年。

[12] 王瑞璞:《抗日战争歌曲集成·晋察冀·晋冀鲁豫》，北京：中国文联出版社，2005 年。

[13] 周建设主编:《一岁货声 孺子歌图》，北京：首都师范大学出版社，2015 年。

[14] 郭文德、王艳霞主编:《冀东民歌》，苏州：苏州大学出版社，2019 年。

硕博论文

[1] 穆昭阳:《中国民间故事搜集整理史研究——以 1949—2010 为例》，中央民族大学博士学位论文，2014 年。

[2] 高峰:《河北民歌的艺术特征与传承发展研究》，河北师范大学硕士学位论文，2014 年。

[3] 乔捷:《河北民歌〈小放牛〉研究》，河北师范大学硕士学位论文，2015 年。

附录一
中华人民共和国成立以来出版的河北歌谣书目①

《南北方民谣选》(第二集):林冬白、丁黄编,新华书店华东分店1950年11月。

《新歌谣》:任彦芳、苑纪久编,河北人民出版社1951年3月。

《现代歌谣》(第三集):扶梨辑,教育书店1951年7月。

《晋察冀妇女歌谣》:袁同兴编,文化生活出版社1955年。

《河北民间歌曲选集》:河北省文化局音乐工作组选编,

① 《中国民间文学集成》全国编辑委员会、《中国歌谣集成·河北卷》编辑委员会、《中国歌谣集成》全国编辑委员会、《中国歌谣集成》各省编辑委员会:《中国歌谣集成·河北卷》,中国ISBN中心,2009,第504—505页。

河北人民出版社 1956 年。

《社员短歌》：河北省文学艺术工作者联合会编，河北人民出版社 1957 年 2 月。

《河北新民歌》（第一辑）：中共河北省委宣传部文教部编，河北人民出版社 1958 年 7 月。

《万首诗歌写满墙》（怀安县诗歌第一集）：徐迟编，河北人民出版社 1958 年 7 月。

《大跃进的号角》：河北人民出版社编，1958 年 4 月。

《工农兵诗选》：河北人民出版社编，1958 年 8 月。

《要在凡间建天宫》（徐水民歌选）：中国人民大学新闻系采访组编，河北人民出版社 1958 年 11 月。

《瀑河水库歌谣》：徐水县瀑河水库指挥部供稿，河北人民出版社 1958 年 8 月。

《商业跃进歌谣》：河北省商业厅整理，河北人民出版社 1958 年 7 月。

《满城新民歌》：中共满城县委宣传部编，河北人民出版社 1958 年 8 月。

《朵朵花儿开》（河北儿歌选）：河北人民出版社编，1958 年 8 月。

《邯郸民歌选》：邯郸日报编辑部编，百花文艺出版社 1958 年 12 月。

《新儿歌集》（一）：河北人民出版社编，1959 年 2 月。

《新儿歌集》(二):谢玉楼、侯志锁等编，河北人民出版社 1959 年 4 月。

《新儿歌集》(三):河北人民出版社编，1959 年 7 月。

《新儿歌集》(四):河北人民出版社编，1959 年 11 月。

《河北歌谣》:河北省民间文学研究会编，人民文学出版社 1960 年。

《河北歌谣》:河北省民间文学研究会编，百花文艺出版社 1961 年。

《抗日歌谣》:上海文艺出版社编选出版，1960 年。

《义和团歌谣》:刘崇丰等搜集，上海文艺出版社 1960 年。

《中国近代反帝反封建历史歌谣选》:程英编，中华书局 1962 年。

《歌颂领袖毛主席》(少数民族新民歌选):河北人民出版社编，1965 年 4 月。

《抗日战争时期歌谣选》:河北人民出版社选编，1965 年 9 月。

《红日照海河》:“红日照海河”编辑组，1972 年 9 月。

《白洋淀渔歌》:李永鸿著，河北人民出版社 1972 年 11 月。

《小喇叭》(儿歌):河北人民出版社编，1973 年 3 月。

《果乡儿歌》:宋作人、丁奇璋编，河北人民出版社 1976

年10月。

《矿山儿歌》：董浩善编，河北人民出版社1976年2月。

《金水泉》（儿歌）：河北人民出版社编，1977年5月。

《中国歌谣选》（第一集）：上海文艺出版社1978年。

《中国歌谣选》（第二集）：上海文艺出版社1980年。

《公社的花朵》（儿歌）：王玉民编，河北人民出版社1978年10月。

《中国歌谣》（河北专号）：中国歌谣学会编辑出版，1985年8月。

《石家庄市歌谣卷》：刘章、王青主编，中国民间文艺出版社1989年11月。

《李老爱歌谣选》：项国成主编，中国民间文艺出版社1989年7月。

《北国歌谣》：孙广权、可华、崔云良主编，中国民间文艺出版社1989年。

《衡水市故事歌谣卷》：安广恩、张志善、孙海玉主编，中国民间文艺出版社1989年。

《衡水地区歌谣谚语卷》：李大振、郭永功、傅新友主编，中国民间文艺出版社1989年10月。

《冀中军民抗日歌谣故事集》（上）：胡业昌、傅新友、孙世虎编著，中国民间文艺出版社1989年12月。

《武强故事歌谣卷》：郭心库、李久旺主编，中国民间文艺出版社 1989 年 11 月。

《安平县故事歌谣卷》：王敬学主编，中国民间文艺出版社 1989 年 11 月。

《邢台市歌谣卷》：范玉琪主编，中国民间文艺出版社 1989 年 10 月。

《清河县民间文学集成》：赵杰、许超主编，中国民间文艺出版社 1989 年 10 月。

《邯郸市歌谣卷》：张文涛主编，中国民间文艺出版社 1989 年 10 月。

《中国民间文学集成涞源县卷》：张玺主编，中国民间文艺出版社 1989 年 12 月。

《蠡县三套集成》：王继民主编，中国民间文艺出版社 1989 年 8 月。

《趣味儿歌三百首》：许来渠、杨畅编，内蒙古人民出版社 1991 年 7 月。

《爱国儿歌一百首》：吴城编，河北人民出版社 1984 年。

《秦皇岛市歌谣卷》：吴文良、李宗璞主编，中国民间文艺出版社 1989 年 9 月。

附录二

河北歌谣研究资料索引①

期刊论文

篇名	作（译）者	期刊名称	时间	卷期辑
《歌剧〈白毛女〉在延安的创作演出》	张庚	《新文化史料》	1995	第2期
《〈歌唱二小放牛郎〉故事歌的产生》	方冰	《新文化史料》	1995	第4期
《田间与街头诗》	郭仁怀	《文艺理论与批评》	1995	第4期
《从歌谣俗语中透析中国农村旧家庭成员之关系——以京津冀地区主干家庭为例》	张永	《南华大学学报》（社会科学版）	2005	第2期

① “河北民谣研究资料索引”只是收录了编者目力所及之资料，难免挂一漏万，在此致以诚挚歉意！

续表

篇名	作（译）者	期刊名称	时间	卷期辑
《民歌在清代花部小戏中的作用——从〈小放牛〉谈起》	李玫	《文史知识》	2006	第 9 期
《河北民歌的演唱探索》	王平	《音乐创作》	2009	第 4 期
《论河北民歌的娱乐性》	赵洪	《文学界》（理论版）	2010	第 12 期
《〈白毛女〉与民间文艺》	段宝林	《民间文化论坛》	2012	第 5 期
《浅析民间歌谣的内涵与现实功能——以河北民歌为例》	焦石	《河北省社会主义学院学报》	2013	第 4 期
《〈没有共产党就没有新中国〉诞生记》	张小芳	《党史文苑》	2013	第 8 期
《民歌〈茉莉花〉与中国文艺的现代化》	杨斯童	《文艺争鸣》	2013	第 11 期
《晋察冀妇女歌谣与抗战动员》	侯杰 王小蕾	《天津师范大学学报》（社会科学版）	2014	第 4 期
《论河北民歌的审美意蕴与社会功能》	黄壮	《音乐大观》	2014	第 9 期
《河北民歌〈放风筝〉的作品分析》	曹闻心	《北方音乐》	2014	第 16 期
《寻找英雄“王二小”——关于〈歌唱二小放牛郎〉的文本生成与媒介传播》	孙乃琨	《民间文化论坛》	2015	第 5 期

续表

篇名	作（译）者	期刊名称	时间	卷期辑
《民歌研究的一例“学案”——〈河北民间歌曲选〉采集与编辑研究》	胡小满	《音乐研究》	2016	第1期
《论北戴河渔歌号子的文化传承与时代变迁》	姜俊卫	《乐府新声》	2016	第3期
《畲族小说歌〈孟姜女寻夫〉对汉族孟姜女传说的传承与变异》	黄倩红	《河北民族师范学院学报》	2017	第1期
《村落文化与民间歌谣的传承——以〈更乐民间轶事〉为个案》	何石妹 常玉荣	《河北工程大学学报》（社会科学版）	2017	第4期
《近十年河北民歌研究述评》	鲍耐雪	《当代音乐》	2017	第18期
《中国民间歌谣文学经典化的路径与价值》	陈书录	《河北学刊》	2018	第1期
《河北童谣的“生活美”》	韩丽梅 吕家瑞 张鹏燕	《河北民族师范学院学报》	2018	第2期
《十七年文学的特殊雅俗形态与“革命通俗文艺”论的观念局限》	刘起林	《江汉论坛》	2018	第2期

续表

篇名	作（译）者	期刊名称	时间	卷期辑
《当代社会民间歌谣创作者的身份境遇问题》	何石妹 刘鹏茹	《河北学刊》	2019	第1期
《两晋时期“谣”研究》	赵延旭 那奇	《史志学刊》	2019	第4期
《论河北民歌的交融性与异质性》	江玉亭	《人民音乐》	2019	第8期
《论河北革命音乐的教育传播与传承策略》	王雪松	《艺术传播研究》	2020	第1期
《论孟姜女歌谣的地域特色及艺术性》	倪金	《河北科技大学学报》（社会科学版）	2020	第2期
《文化情感动员：〈晋察冀画报〉的图像实践和视觉说服》	吴果中 刘晗	《湖南大学学报》（社会科学版）	2020	第6期
《“呔”韵“行”腔、秀“外”慧“中”——新时代冀东民歌的审美重建与传承》	王雪松	《音乐创作》	2021	第2期
《河北秧歌小戏的文学阐释》	张培燕 孙燕	《保定学院学报》	2021	第2期
《从舞美和音乐看河北定县“农民戏剧”的话剧民族化实践》	李柳宁 常凌	《文化与传播》	2021	第4期

续表

篇名	作（译）者	期刊名称	时间	卷期辑
《区域民间音调与“准曲牌”现象——兼议〈东方红〉中区域音调的应用》	项阳	《艺术学研究》	2021	第5期
《河北民歌的文化认同》	金红莲	《艺术评鉴》	2021	第5期
《民间文学口述历史活动的言说机制与价值观念研究》	张琼洁	《民间文化论坛》	2022	第2期
《论古代政治童谣的类型及社会功能——以“康衢童谣”“卜偃引童谣”为例》	刘莉	《河北工程大学学报》（社会科学版）	2022	第2期
《清苑哈哈腔衬字探析》	宋玉坤	《中国韵文学刊》	2022	第4期
《民歌〈茉莉花〉同宗现象的文化阐释》	王飞燕 黄芳	《湖北科技学院学报》	2022	第5期
《〈晋察冀日报〉副刊的概貌与表征》	郑恩兵 梁晓晓	《文学与文化》	2023	第4期
《非遗保护视域下红色歌谣的传承及发展》	毛巧晖	《中国非物质文化遗产》	2023	第5期
《河北民间音乐产业化发展策略研究》	耿玉英 娄亚红	《中国民族博览》	2023	第19期

研究生学位论文

篇名	作者	毕业院校	年份	学位
《涵化与归化——论延安时期解放区的“民间文学”》	毛巧晖	华东师范大学	2005	博士
《叙事民歌口头叙事研究》	斯琴托雅	内蒙古大学	2007	博士
《昌黎民歌演唱技巧探究》	赵亚珍	中央民族大学	2007	硕士
《大跃进民歌研究》	金慈恩	首都师范大学	2008	博士
《河北民歌的保护、传承策略研究》	冯羿	河北大学	2009	硕士
《河北民歌的演变与发展》	杨娜	首都师范大学	2009	硕士
《昌黎民歌研究》	齐德才	河北大学	2009	硕士
《昌黎民歌旋律的形成与特点研究》	张竹岩	燕山大学	2010	硕士
《河北省昌黎民歌演唱风格研究》	王娅卓	中央民族大学	2010	硕士
《多重视角下的河北民歌研究》	窦玉英	河北师范大学	2011	硕士
《昌黎民歌的保护与传承研究》	习化娜	河北师范大学	2011	硕士
《昌黎民歌的音乐研究》	王俊峰	河北师范大学	2011	硕士
《论河北民歌的保护与传承》	高天牧	河北大学	2012	硕士
《冀东地域音乐融入校本课程的理论探究与实施方案》	穆瑾	河北师范大学	2013	硕士
《昌黎吹歌旋律特点探究》	范冬冬	燕山大学	2013	硕士
《民歌〈茉莉花〉近现代流传史研究》	杨璐璐	东北师范大学	2014	博士

续表

篇名	作者	毕业院校	年份	学位
《“十七年”新诗选本与“人民诗歌”的构建》	陈宗俊	南京师范大学	2014	博士
《河北民歌〈茉莉花〉的同宗异流研究》	甄程	河北师范大学	2015	硕士
《河北民歌〈小放牛〉研究》	乔捷	河北师范大学	2015	硕士
《冀东民歌现状调查与传承保护研究》	张珺颖	河北大学	2016	硕士
《论河北民歌资源在高中音乐课程中的应用》	刘保河	河北师范大学	2017	硕士
《江苏民歌〈茉莉花〉与河北民歌〈茉莉花〉差异之研究》	张朝晴	山西大学	2018	硕士
《中国民歌在中国近现代作品中的运用》	周乔	上海音乐学院	2019	博士
《昌黎民歌语音特征研究》	聂洪超	西南大学	2019	硕士
《河北民歌在幼儿园音乐教学中的应用研究》	罗淑娟	河北大学	2020	硕士
《河北省昌黎民歌小调的演唱研究》	高林雪	陕西师范大学	2020	硕士
《探析河北民歌演唱之韵味——以〈小放牛〉〈小白菜〉为例》	胡天阳	西安音乐学院	2021	硕士
《河北汉族民歌衬词研究——以〈中国民间歌曲集成·河北卷〉为例》	张静	四川大学	2021	硕士
《河北民歌的艺术特征与演唱实践》	李旭欣	辽宁师范大学	2022	硕士

续表

篇名	作者	毕业院校	年份	学位
《非物质文化遗产视阈下冀东民歌的保护与传承》	谷端平	辽宁师范大学	2022	硕士
《从传承人刘荣德看冀东民歌的现状与发展》	吕箫青	天津师范大学	2022	硕士
《刘荣德与冀东当代民歌编创活动研究》	史盼盼	河北师范大学	2022	硕士

著作

书名	著 / 编 / 译者	出版单位	出版时间
《河北民间歌曲研究》	乔伦 江玉亭	花山文艺出版社	1990
《河北地方音乐 上下》	江玉亭	河北科学技术出版社	1993
《民歌〈茉莉花〉研究》	张继光	文史哲出版社	2000
《中国民族民间音乐概论》	张爱民 陈艳	甘肃人民出版社	2010
《滦南民间文化概览》	杨立欣	团结出版社	2016
《民间音乐艺术风格与传承价值研究》	谭卉	世界图书出版西安有限公司	2017
《中国民间音乐概论与研究》	刘大坚	河北人民出版社	2017
《中国歌谣》	朱自清	江西教育出版社	2018
《河北民族器乐曲赏析教程》	王刚 王莹 段月艺	河北人民出版社	2018

续表

书名	著/编/译者	出版单位	出版时间
《京津冀民歌津要》	金红莲	燕山大学出版社	2019
《河北民间音乐产业化发展研究》	马婕	中国商务出版社	2019
《河北民间音乐文化产业与其他产业的融合研究》	杨雪	吉林美术出版社	2020
《民间仪式音乐与乡土社会秩序》	孟凡玉	文化艺术出版社	2020
《河北民歌赏析与新唱》	金红莲 薛婷婷 肖瑶	燕山大学出版社	2021
《民间音乐艺术的多维探索与研究》	张杰 李露 孙绮璐	上海交通大学出版社	2021
《民间歌谣与社会记忆：1919—1949》	毛巧晖	学苑出版社	2022
《新时代背景下河北民歌研究》	袁帅 赵欣 李元瑶	燕山大学出版社	2024
《我国民间音乐的发展与传承研究》	刘勇	延边大学出版社	2024

作品集

书名	著（编）者	出版单位	出版时间
《中国民间歌曲集成·河北卷上、下》	《中国民间歌曲集成》全国编辑委员会、《中国民间歌曲集成·河北卷》编辑委员会	中国 ISBN 中心	1995
《中国歌谣集成·河北卷》	《中国民间文学集成》全国编辑委员会、《中国歌谣集成·河北卷》编辑委员会	中国 ISBN 中心	2004
《抗日战争歌曲集成·晋察冀·晋冀鲁豫》	王瑞璞	中国文联出版社	2005
《冀东民歌合唱作品精编》	郭文德	中央音乐学院出版社	2013
《昌黎民歌》	白秀川	中国戏剧出版社	2016
《全国〈茉莉花〉乐谱辑录》	张伯瑜、赵君	中央音乐学院出版社	2019
《冀东民歌》	郭文德、王艳霞	苏州大学出版社	2019
《冀东民歌合唱作品选萃》	郭文德、杨胜利	苏州大学出版社	2022

报纸

篇名	作（译）者	报纸名称	时间	版面
《〈民歌河北〉唱响北京》	无	《燕赵晚报》	2011年9月29日	第B13版
《〈回娘家〉不是河北民歌》	无	《河北青年报》	2013年7月24日	第A19版
《中国歌谣的民间传统与当代书写——读〈中国民间文学史·歌谣卷〉》	程梦稷	《中国艺术报》	2021年3月22日	第3版
《慷慨悲歌语境下的河北红色经典》	向回 金景芝	《河北日报》	2021年7月16日	第11版
《〈解放区的天〉根据河北民歌曲调改编》	王晓蒙	《廊坊日报》	2021年7月20日	第B01版
《河北民间音乐之花如何绽放新颜》	王思童	《河北日报》	2022年11月11日	第11版
《民间音乐活态传承的“破局”之路》	冯梓函	《河北日报》	2022年11月18日	第11版
《燕赵沃土盛开民族艺术之花》	范海刚	《中国文化报》	2023年8月21日	第1版
《唱响原生民歌谱写时代华章——2023中国原生民歌节盛况空前》	王彬	《中国文化报》	2023年11月27日	第2版

续表

篇名	作（译）者	报纸名称	时间	版面
《让古老民歌永远年轻》	冯卓慧	《中国文化报》	2023年12月14日	第3版
《推动河北民间音乐以崭新姿态融入文旅产业》	冯梓函	《河北经济日报》	2024年6月8日	第3版
《京津冀民歌表演人才培养项目启动》	田恬	《河北日报》	2024年7月10日	第2版

附录三
个案研究

从移民书写到“我们”的歌
——《东方红》的历史演进与文化想象

从“民间酸曲”《芝麻油》《探家》到蕴含革命叙事的《骑白马》，再到《移民歌》及严肃革命歌曲《东方红》，内容的创编与主题的演进不仅凸显了民间歌谣自我“赋形”的历史时刻，还指向民众思想在不同社会语境中的迭代。《东方红》及其文化衍生蕴含着新中国关于政治理念、文化生产和阶级主体的设想，为构建中华民族共同体提供经验。

陕北民歌源自民众日常生活，随着历史变迁和政治力量的介入，其自身成为“一种产生实效的政治话语”[①]，并随着

① 陈春莉、强东红：《民歌资源与政治话语——以红歌〈东方红〉的成型为例》，《马克思主义美学研究》2018年第2期。

中国革命的胜利迅速传播至全国。在陕北地区民众对领袖的歌颂中,《东方红》的诞生经验本身即验证了“讲话”精神指引下国家话语与民间叙事的衔接与融合，共产主义意识通过精英的“反刍”,“找到了与下层社会的传统价值间的连接点”。[①]

一、从《芝麻油》到《东方红》:“民间酸曲”的自我“赋形”

《东方红》的曲调源自流传于晋西北、陕北一带的民歌小调，那些山间地头响起的“黄河边上灵芝草，哥看妹子哪搭也好”“马里头挑马一搭手手高，人里头挑人就数哥哥好”等[②]歌谣使个体间的心灵交流变得真实可感，这些带有浓浓酸味的情歌小调是歌谣中最富情感的组成部分，其敞开而随性的演绎方式使其具有强烈的感染力。

《东方红》的雏形最早可见一首名为《芝麻油》的民间小调:

---

① 张霖:《赵树理与通俗文艺改造运动:1930—1955》，南京大学出版社，2020，第296—297页。

②《中国民间文学集成》全国编辑委员会、《中国歌谣集成·山西卷》编辑委员会:《中国歌谣集成·山西卷》，中国ISBN中心，2009，前言第5页。

芝麻油，白菜心，要吃豆角抽筋筋，三天不见想煞个人，哎呀，我的三哥哥。①

此首歌谣据说是一位名叫方宪章的红军剧社成员在黄河两岸卖艺时传唱的。据刘炽回忆，红军剧社当时集中了一批延川、延长一带的名艺人，如，“刘志荣、刘振武、曹波是陕北秧歌的道情把式。方宪章是绥德人，‘米脂的婆姨绥德的汉’，他一表人才。绥德过了黄河就是山西，他一直在晋西北卖艺，会很多晋西北民歌，也是武术方面的把式”②。此首《芝麻油》之所以能够流传开来当得益于红军剧社的带有灵活性和多样性的活动方式，其广泛开展的歌咏活动多半是采取民间曲调填入新词，基层官兵也积极参与到文艺创作活动之中，在行军途中“两三个人聚在一起，编打油诗、快板诗或编民歌小调，现编现凑”③。1938 年，在延安鲁迅艺术学院工作的作曲家安波运用歌谣《芝麻油》的曲调，配以新词，改编成一首从“三哥哥”视角切入，与《芝麻油》形成对应关

---

① 《中国民间文学集成》全国编辑委员会、《中国歌谣集成·山西卷》编辑委员会:《中国歌谣集成·山西卷》，中国 ISBN 中心，2009，第 320 页。

② 刘炽:《忆述评论》，王巨才主编:《延安文艺档案·延安音乐第 11 册·延安音乐家 1》，太白文艺出版社，2015，第 313 页。

③ 朱纯辉:《长征时期红军剧社的文化活动》，《上海党史与党建》2016 年第 12 期。

系的民歌，名为《骑白马》，由于革命内容的添加，这首歌谣很快在陕甘宁边区流行开来，并在乡民口耳相传中进一步扩充演唱内容。①

与《骑白马》曲调相近的还有歌谣《探家》。《探家》全篇分为3段，共8节。其主要内容围绕陕北青年男女在爱情和婚姻中的真实感受。与《探家》依旧聚焦情感内容相比，1944年由林里采录的《骑白马》则展现出强烈的过渡特征。一方面，它与《探家》有着近似的叙事特征和情感诉求，“煤油灯，不遮风，芝麻油烩了个白菜心，红豆角角抽了筋，情哥哥没音信”等歌词展现了民间酸曲的“底色”；另一方面，它又显著地携带着《探家》不具备的“革命”意味。歌曲首段的“荞麦花，红燉燉，咱二人为朋友为个甚？三哥哥当了八路军，一心去打日本”与尾段的“骑白马，挂洋枪……打日本顾不上”首尾呼应。

从文本内容来看，《骑白马》分为3段，主要为5个叙事单元：

	主要内容	歌谣文本
第一节	三哥哥在上前线前夕，安慰小妹妹，并诉说自己的革命志向。	荞麦花，红燉燉，咱二人为朋友为个甚？三哥哥当了八路军，一心去打日本。

① 赵世民：《〈东方红〉的来龙去脉》，《图书馆》1994年第1期。

续表

	主要内容	歌谣文本
第二节	小妹妹在革命大义面前，暂时舍弃小情小爱，送哥哥上前线。	洗了手，和白面，打发哥哥上前线；这回前线实在远，总要得三二年。
第三节	侵略者飞机突至。	日本的飞机呼隆隆响，情郎哥快开枪……日本的飞机扔炸弹，小妹妹快躲着。
第四节	三哥哥走后，小妹妹极度思念。	保险灯，手上挂，想哥哥想得捎句话，小妹妹想死他。……
第五节	三哥哥在行军途中对小妹妹的思念所做出的回应。	骑白马，挂洋枪……打日本顾不上。

与《探家》片段式的叙事方式不同，《骑白马》以“三哥哥”和“小妹妹”的对答连缀全歌，其中对陕北农民的“新生活”的想象交织着革命与现代等多重元素。民歌也由纯粹抒发个体情感逐渐走向描绘作为集体一分子的“三哥哥”和“小妹妹”对革命事业的热忱。

20 世纪 40 年代，移民安置及生产动员问题成为这一时期陕甘宁边区的工作重点。《解放日报》等主流刊物通过持续的宣传及报道对移民形象进行了细致的描绘与宣传，有目的地寻找和树立模范，“劳动英雄和移民模范作为一种被创造的媒介”，引发民众的集体认同。如 1943 年 2 月 11 日《解放日报》刊载《马氏父女生产卓著——一年劳动两年余粮移民生活迅速改善的榜样》：

本报特讯：劳动一年两年余粮，生产获得卓著成绩之米脂难民——劳动英雄马丕恩，妇女劳动英雄马杏儿，其英勇事绩已由边区政府林李主席予以传令嘉奖，并赠以劳动英雄之光荣头衔。建设厅、延安县政府、边府农场、南区合作社亦均将予以奖励。据边区妇联会负责人告本报记者：该会对妇女劳动英雄马杏儿，亦将予以盛大奖励，际此发展农业生产为边区中心之中心任务的时候，马杏儿之出现，她们认为是妇女界一件非常重大的荣誉的事。该会将号召边区所有妇女向妇女劳动英雄马杏儿学习。①

在这一历史语境中，“下南路发财去”“吃干饭，生活过得美”“移民开荒真光荣，走到延安开山林”等歌谣在当地流传。1944 年 3 月 11 日《解放日报》第四版文章《移民歌手》全文介绍了一首名为《移民歌》的陕北民歌，并给第一段词谱上《白马调》的曲，取名《毛主席领导穷人翻身》。文中称此歌为“移民歌手”李增正所作。“一九四四年二月，葭县屈增全移民队七十人由葭县南下，移民延安，李为副队长。当时有些人在路上想家，李增正说：‘咱们在路上红火些，咱编

① 孙晓忠、高明编：《延安乡村建设资料 1》，上海大学出版社，2012，第 263 页。

个毛主席领导穷人翻身的歌，来教大家唱吧！’果然一路上唱着这个歌，热热闹闹的，情绪非常之好。”[①] 歌词以“东方红，太阳升”起兴，在颂扬移民政策的时候，将毛主席比作五岳、唐尧，以男耕女织的生活方式为榜样，抒发民众对饱暖生活的殷切希望；歌中提到的“孙万福”“马丕恩”“高克兰”“郭凤英”为当时延安的劳动英雄。歌曲中“男耕女织是模范，咱们和他争英雄”[②] 的表述能够有效地激发移民群体朴素的好胜心。回到乡间的劳动英雄不仅成为群众学习的模范，还成为共产党和民众之间的桥梁，“毛主席，朱总司令，和咱们拾粪的粗手抓握（握手）起来啦，各个机关能请咱们吃啦喝啦，首领还轮流给咱们看酒啦，好像显得自己弟兄一样亲热，真是平等啦。”[③] 歌谣中意象的建立使“移民运动”“鼓励劳动”等政策话语经由曲调与节奏的演绎获得了有形的呈现。

关于这首歌的编创者在后世有着颇多争议，如刘炽在回忆文章中谈到自己初次听到此首歌谣是在 1944 年鲁艺创作戏剧作品《下南路》的采风途中，创作人员在乌龙堡的一个骡马大店里，听到李有源、李增正叔侄演唱为宣传移民所编的

---

① 何其芳、张松如选辑：《陕北民歌选》，新文艺出版社，1951，第 245 页。

② 同上书，第 245—247 页。

③ 赵超构：《延安一月》，中国国际广播出版社，2013，第 205 页。

歌[①]，其后他们更是将这段歌谣用在《下南路》的演出中。另有一说谈及此首《移民歌》的首创者当为毕业于延安边区师范学校，后在葭县通镇完小担任教务主任兼音乐教员的李锦旗（“李锦祺”）。[②]关于歌谣编创者的争议与这一时期陕北地区民众对毛泽东的热烈拥护和全民歌颂有着密切关系，“无数人民无时不在歌唱着毛泽东，在群众的会议上，在道路上，在庄稼地里，在秧歌队中……这歌声在到处飞扬，而且随时有新的产生”[③]。贺敬之在文中提到“劳动英雄”孙万福用歌谣表达自己参加陕甘宁边区劳动英雄大会时的所见所闻，他将毛泽东比作“万丈高楼”，用“万丈高楼从地起”比喻人民的领袖与人民的密切关系，其中以“东方红，太阳升”起兴的民歌标注为“葭县城关区三乡农民李增正及其叔李有源合作”完成。此外，还有“小商人”任履学、“农民”巩维忠、“木匠”汪庭有等人创作的歌颂毛主席光辉形象和共产党移民、开荒政策的歌谣。

由于《移民歌》的广泛传唱，1945 年 9 月，由鲁迅艺术

---

① 赵世民:《〈东方红〉的来龙去脉》,《图书馆》1994 年第 1 期。

② 王树人:《〈东方红〉的词作者究竟是谁》,《党史博采》2016 年第 3 期。

③ 贺敬之:《人民歌颂毛泽东》,《人民日报》1946 年 7 月 13 日，第 2 版。

学院师生组成的东北文艺工作团向东北“进军”，10月底到达沈阳，筹备演出的时候，“取《移民歌》第一段，略加修改，又增添了三段，一共成为四段的一支歌子，题名曰《东方红》”。在这之后，“《东方红》的歌声由东北解放区传唱到全国各地，以至传唱回延安”[①]。《东方红》也由地方性声音景观“风”完成了“雅”的转型，在中华人民共和国成立之后，达成了“颂”的升格。[②]

二、多元主体诉求下诞生的《东方红》及文化衍生

在《东方红》的历史演进过程中，文艺工作者、教师及农民的共同参与，隐藏于民众身体内部的“个体属性”被挖掘、重构。革命歌曲《东方红》所传达的“修辞性的、幻觉式的具有意识形态性质的政治观念”[③]在“回流”至延安之后，融入了当地民众的日常生活，并用来表征他们现实的情感世界。

《东方红》在1950年正式发表时，还题为“陕北民歌”，

---

① 曾刚编：《山高水长　延安音乐回忆录》，太白文艺出版社，2001，第344—345页。

② 张晓虹：《地方、政治与声音景观：近代陕北民歌的传播及其演变》，《云南大学学报》（社会科学版）2019年第2期。

③ 陈春莉、强东红：《民歌资源与政治话语——以红歌〈东方红〉的成型为例》，《马克思主义美学研究》2018年第2期。

并未有具体署名。20 世纪 60—70 年代，“人民歌手”李有源和《东方红》的诞生才开始有了关联，及至出现了他对创作情境的具体想象：

> 当他拾满两筐粪坐在一块石墩上歇一歇时，一轮红日从东方喷薄而出，灿烂的阳光照亮了陕北高原，照遍了祖国大地，也把李有源的心照得暖洋洋。……他想，伟大领袖毛主席不正是驱散黑暗、给人民带来了光明的红太阳吗?![①]

这种独特的场景描述无疑是一个明确的例证，在《东方红》的诞生及创作问题上，民众对这一利用民歌资源加以创编的革命歌谣给予了最真诚的回应，对民众来说，自己与《东方红》的联结不仅代表了思想上的“翻身”，更是形塑了一种崭新的“当家作主”的人民形象。《东方红》中歌颂领袖、歌颂共产党的内容改变了《骑白马》曲调中原本带些“酸味儿”的情歌类型，生发出庄严、博大、宽广的感情来。在歌曲情境中，“太阳”成为毛主席形象的具象化，这是传统文化融合当代想象形成的文化“塑形”结果。“人民歌手”李有源被推向“前台”的这一历史表述，为《东方红》披上了

---

① 简其华、肖兴华:《人民歌手李有源和〈东方红〉的诞生》，《人民音乐》1978 年第 1 期。

一层“民歌的外衣”，并“保证了其负载的政治诉求易于为人民大众所接受”。[①] 歌谣中的节奏和内容在循环往复之中逐渐内化到民众认知之中，成为一种既定的“传统”。在这一过程中，创作者、歌曲、民众及由此衍生的文化意象之间产生了一种复杂的关系。

在语义层面，《东方红》保留了《移民歌》中“东方红，太阳升……”的话语表述，其后关于移民运动的描绘被替换成了“毛主席爱人民”“共产党像太阳”等，经过这种创编，歌曲迅速将原本的移民记忆转化为一种对更为宽阔的“新中国”的文化想象。更为重要的是，《东方红》保留了民间曲调中的节奏样式。在“整齐”“韵脚”和“重叠”三个方面达成了一致，复制了民歌的节奏组织。

《东方红》中的语词选择和句法排布，不仅以新的意象传达出新的“政治信息”，还时时照顾到《骑白马》曲调的韵脚和音数，使人们在传唱中能够时刻感受“先在的节奏图式”，唤起听众的感官愉悦，从而使歌曲中传达的叙事及信息变得易于理解。融汇在曲调中的“意识形态教育”通过民众耳熟能详的曲调及节奏成为“集体声景中的身体共同体中

---

① 陈春莉、强东红:《民歌资源与政治话语——以红歌〈东方红〉的成型为例》,《马克思主义美学研究》2018 年第 2 期。

的一部分”。[①]

如，全国各地涌现出的大量歌颂毛主席的新民歌，如苏北地区的《太阳好比毛泽东》“太阳一出红通通，太阳好比毛泽东，五谷没太阳不生长，穷人没毛主席万年穷”；山东地区的《北京的太阳暖心房》更是直接将毛主席喻为“太阳”，“一个太阳驻北京，一个太阳挂天上”；四川地区的《毛主席像红太阳》进行了更为具体的描摹，以春夏秋冬的四季变化，展现毛主席如太阳般的光辉；[②]河北地区的《太阳不落照太行》《太阳的光芒万万丈》《毛主席是咱大救星》《画朵葵花向太阳》等也将河北人民对毛主席的敬爱以歌谣的形式加以演绎。20世纪50年代集中搜集整理的各民族歌谣选集中收录了大量“颂歌”，展现了中国共产党在民族地区强有力的思想引领，尤其是中华民族共同体意识的物化表征更为鲜明。如，1955年通俗读物出版社出版的《藏族民歌选》就集中刊载了《依马河》《一个人爱护我们》《毛主席出现在金山顶上》《甲那》《毛主席和解放军》《毛主席永远在我身边》《欢迎解放军》《太阳从东方升起》《毛主席来了》《毛主席》《春天来到了高原》等民歌。其核心元素“金山”“太阳”“光芒”代

---

① 康凌：《“大众化”的“节奏”：左翼新诗歌谣化运动中的身体动员与感官政治》，《文学评论》2019年第1期。

② 孙殊青：《毛主席象红太阳——略谈各族人民歌颂毛主席的新民歌》，《江海学刊》1960年第7期。

表了这些藏族民歌的基本价值取向。[①]

如由朱德普收集的藏族民歌《依马河》：

由碧波大海里，
长出了一棵巴桑树，
巴桑树根子牢靠——
传遍地球，
巴桑树枝叶茂盛——
长遍宇宙。

人们快活地在巴桑树下，
乘凉，看牧场，
要问巴桑树是谁，
东方太阳毛泽东。
呵——呵——
巴桑树，
毛泽东。[②]

歌曲中的“依马河”为幸福之意，而“巴桑树”在藏族

① 胡文平：《金色的太阳：1950年代藏族民歌中的中共政治形象》，《江汉论坛》2017年第2期。

② 通俗读物出版社编辑：《藏族民歌选》，通俗读物出版社，1955，第35页。

传说中为世界上最大的植物。这里将毛泽东与巴桑树并举，指出“巴桑树”即“东方太阳毛泽东”，在这里，“毛泽东”作为政治符号与民间叙事中的传统意象发生了一一对应，成为反复歌颂的对象，这一时期的各地域、各民族的民间歌谣深刻地揭示了《东方红》及文化衍生、流变及传承对中华民族共同体自觉意识形成的核心作用。[①] 如另一首西藏民歌中提到“东方的云，南方的云，西方的云，虽然各飘在一方，但是都围绕着太阳”[②] 这些歌谣中的节奏在循环往复之中逐渐内化到民众认知之中，成为一种既定的“传统”。而各地歌谣的流传也建构了一个“反馈的闭环”（feedback loop）[③]，民众的接受与喜爱恰恰印证了共产主义意识对于民众的主体性召唤。

三、作为国家政治符号的《东方红》

中华人民共和国成立后，《东方红》成为“新中国”声音图景的重要组成部分，其内涵及外延都相应地被固定下来。

---

① 董玫：《新中国初期藏族中华民族共同体自觉意识的形成——以1950年代藏族民歌为中心的考察》，《青海民族研究》2019年第3期。

② 北京师范大学中文系民歌研究小组：《从长夜唱到太阳升——介绍西藏的几首民歌》，《前线》1959年第9期。

③ 康凌：《有声的左翼：诗朗诵与革命文艺的身体技术》，上海文艺出版社，2020，第105页。

1949年，新华书店出版“中国人民文艺丛书”，这套丛书被纳入新中国话语体系总体建设之中，带有文学与政治的双重意义。其中一册即收录《东方红》《中国出了个毛泽东》《刘志丹打镇靖城》《世世代代想老刘》等歌谣，并以《东方红诗选》命名。《新民报》1949年9月20日第2版发表《东方红读后感》，谈到此诗选作为工农兵诗歌创作选集，其中包括工人创作11首、农民创作25首、战士创作17首，这些诗作“情感明快、真实，字句简炼、有力”。“在工人的作品中，大部分歌唱生产，表现翻身作主人的快乐情绪，诗中充满了崇高的阶级友爱和对新中国建设热烈的期望和信心……战士的创作都流露出对武器的热爱，对战胜敌人的坚强信心和高度的同仇敌忾情绪……农民创作以描写土改翻身的斗争，歌颂革命领袖，以及揭发地主罪行等等为主；在形式上都非常通俗、纯朴、口语化。”《东方红诗选》的出版进一步践行了《在延安文艺座谈会上的讲话》所提出的“文艺的工农兵方向”，以“东方红”为名，规范工农大众“所需要、所便于接受的东西”。[①]有作家在阅读此诗选后，发出了“我不再做那样的空头‘诗人’”的感慨，认为自己从中懂得了“什么是

① 刘守华：《民间文艺与新文艺的建设》，《华中师范大学学报》（人文社会科学版）1985年第4期。

革命？革命做什么？懂得了为人民服务的道理”。[①]

不可否认的是，中华人民共和国成立前后在城市通俗文艺改造过程中发生的混乱状况使此时对新文艺的形式、内容充满着“各式各样的挪用”，这就导致“旧瓶装新酒”的文化改造陷入“新瓶装旧酒”的窘境中。如，陈涌在《略谈“新瓶装旧酒”》[②]中提及新年期间看到的日历，发现日历上穿着工装的女工，面部特征与民国时期月份牌上的美女一样“皓齿蛾眉”，虽然徽章上以“生产建国”字样体现国家意志，但整体形象与20世纪60年代的理想化女性形象有着明显的差异。在适应工农兵文艺标准的同时，市民采用了很多方法“消解工农兵文艺对他们文化方式的干预”，这种干预在音乐方面表现为有意的“挪用”，主要方式就是“随意改变革命歌曲的演唱、演奏方式和演奏场合，以适应市民的审美习惯”。[③]

如，《新黑龙江报》在1947年6月18日第4版刊载的由“海伦胜利乡杨宝山编作”的《发财歌（东方红调）》：

---

① 董临：《我不再做空头“诗人”》，《人民日报》1949年10月13日第6版。

② 陈涌：《陈涌文学论集》，上海文艺出版社，1984，第5页。

③ 张霖：《赵树理与通俗文艺改造运动：1930—1955》，南京大学出版社，2020，第259页。

东方红，太阳升，来了八路救命星，大家翻身不受穷，呼呼咳哟，日子火炭红。

共产党，八路军，领导大家来翻身，呼呼咳哟，解放救命大恩人。

八路军，来领导，走向光明路一条，呼呼咳哟，终究错不了。

起大早，贪大黑，大家生产笑微微，呼呼咳哟，永世不吃亏。

再如《新民报》1949 年 7 月 23 日第 3 版刊载《车水救黄秧（东方红调）》，将原曲中的“东方红，太阳升”替换为“水车转，呼呼响”，并用“连日大雨河水涨”“半年食粮靠黄秧”“堵好缺口就行动”“排水越排越有劲”等连缀全篇。

国家文化机关很快注意到这一问题，《人民日报》1952 年 6 月 2 日第 3 版刊载“文化生活简评”《应严肃对待庄严的革命歌曲》中提出“歌颂革命领袖的歌曲”不得改编为交际舞曲或在跳交际舞时演奏。《人民日报》1953 年 2 月 28 日第 2 版的《读者来信摘要》也提到“不要随便将革命歌曲配上新的歌词”，认为这是很不严肃的：

例如，山东人民出版社出版、陈广德编的“速成识字歌曲”中，“亲笔写信给毛主席”是用“东方红”的曲子；“向文字碉堡开炮”是用“三大纪律八项注意”的曲子；“文化大翻身”是用“西北农民歌唱毛主席”的曲子。

对待《东方红》等革命歌曲的严肃态度，源自它们的“基本要素”，作为民族国家文化象征系统的重要声景，围绕它们的演唱和传播能够激起爱国情感，实现共同体的凝聚。歌曲中高度抽象化的话语表述最终建构出的是一种永续的民族国家共同体想象。如《东方红》曲调、旋律、意象作为国家政治符号的广泛传播，国家政治符号包括“将抽象的国家具象化的物品”“国家身份认同的象征物总和”“国家主流意识形态及其价值观”。[①] 不同历史阶段的《东方红》通过谨慎地选择表演场合、演绎形式、规范相关书籍的书写，形塑了民众有关《东方红》的共同记忆。如从 20 世纪 60 年代开始，中央人民广播电台将编钟演奏的《东方红》曲调作为每天广播开始的“呼号”和标志性乐曲。1970 年 4 月 24 日，人造卫星“东方红一号”的成功发射更是将《东方红》旋律带入太空，使其成为遨游太空的“中国符号”。这种符号的生产激发了立体、多维、综合的感受体验，实现了《东方红》在传播过程中的政治社会化功能。如，“东方红拖拉机”的诞生宣告了中国工业开始走向机械化道路，寄托了中国老一辈拓荒

---

① 周俊华、李铭：《国家政治符号在边境的传播与边民国家认同的建构》，《云南社会科学》2022 年第 3 期。

者的希望和追求；收藏于北京人民大会堂的巨幅设色山水画《江山如此多娇》打破时空限制，让岭南春色和北国雪景同时出现在画中，表达了超越时空的永恒“祖国”概念，画中东方的红日冉冉升起，喻示着新中国的新气象。

经由悠扬的旋律，“国家和个人，公共时间和私人时间、中国故事和细民日常交叠在一起，与此同时，那些相处的、相遇的、相见的，或者终其一生彼此隔绝的不同个体的时间、故事和命运也交叠在一起”[①]。如李佩甫的“平原三部曲”《羊的门》中谈到呼家堡的“十法则”：第一条就是村歌，规定晨曲为《东方红》，晚曲是《大海航行靠舵手》，“《东方红》乐曲是呼家堡的晨曲，也叫‘醒曲’。每天早上五点半，呼家堡广播站准时播送这首乐曲。而每一个呼家堡人一听到这首乐曲，就必须准时起床，快步来到呼家堡的广场上”[②]。“村歌”的设置进一步将作为国家政治符号的《东方红》与民众日常生活相结合，“塑造着民众对国家政治生活的认知和理解”。[③]

《东方红》诞生伊始，经由文艺工作者、教师及农民等对这一歌曲的传唱，人们对“东方红”这一国家政治符号的

---

① 何平：《批评的返场》，译林出版社，2021，第206页。

② 李佩甫：《羊的门》，华夏出版社，2016，第172页。

③ 周俊华、李铭：《国家政治符号在边境的传播与边民国家认同的建构》，《云南社会科学》2022年第3期。

深刻认知早已镌刻在他们的血脉之中。《东方红》的生成契机及历史演进，不仅承载着中华民族精神内核，还形塑着代际间的中华民族心理结构，赓续着中华民族文化根脉。概言之，我们对《东方红》历史缘起及文化衍生的讨论并非要论证这一歌曲的个体归属，而是通过梳理，强化民族记忆与认同的过程。扬·阿斯曼在《集体记忆与文化认同》中提出“文化记忆”概念，“它是一种集体使用的，主要（但不仅仅）涉及过去的知识，一个群体的认同性和独特性的意识就依靠这种知识”[①]。《东方红》的诞生及发展不单在文艺资源中呈现“革命中国”这一经验形态，还试图通过与之相关的各类艺术形式使新的民族国家的理念传播至全国乃至世界。通过歌曲、音乐舞蹈史诗、电影、连环画等艺术形式在国家重大场合、军事仪式及对外交往中的播放、演奏、放映及展示，为参与其中的人们提供了一个庄严肃穆的记忆场域，想象的共同体在曲调、节奏及内容的感召下显得真实可感。

原文刊载于《百色学院学报》2024 年第 5 期

---

① 韦尔策：《社会记忆：历史、回忆、传承》，北京大学出版社，2007，第 5—6 页。

内丘神码：雕版彩绘藏古韵

“内丘神码”又称“内丘神码年画”“神码”等，是一种以“神”为表现内容的雕版年画。其造型古拙质朴、简洁大方具有独特的艺术审美价值。同时，内丘神码作为一种民间信仰产物蕴含着独特的民俗文化和地域文化。

一、内丘神码的历史渊源

在艺术形式上，各地与“内丘神码”类似的有“天津杨柳青年画”“桃花坞年画”“山西凤翔年画”等。“天津杨柳青年画”通过木版套印和手工彩绘相结合的方法，题材丰富，画面细腻，色彩鲜艳；“桃花坞年画”以木板雕刻，一版一色的套印方法印制而成，构图对称、丰满，色彩绚丽；“山西凤翔年画”风格粗犷豪放，线条刚劲有力，多以门神、戏曲故事等为主要内容。“内丘神码”的不同之处在于它在功能性上更类似于“纸马”。明万历时期，宋焘在《泰山纪事·地集·纸马》中记载“后人以纸画马，焚之以祭，犹是其遗意。今则褀施彩绘，图写神像，非其质矣。然号曰‘纸马’，盖犹存其名云”。但和以“云南甲马”为典型的“纸马”不一样的地方在于，“云南甲马”是用于焚烧的民间信仰祭祀之物，“内丘神码”却是起到神像作用、直接被敬拜的民间信仰媒介。

目前，学界对于“内丘神码”的起源尚未有定论。“内丘神码”所展现的内容多是民间信仰中的诸神，通常印刷在粗糙低劣的草纸上。并且，由于内丘当地每年一度的以家庭为单位的“请神”“送神”民俗活动有焚烧旧神码的步骤，导致其古神码年画基本无人收藏，这也极大地增加了溯源工作的难度。根据非遗传承人魏进军所述，他所继承的内丘神码制作技艺是他的先祖从山西迁至内丘县后结合内丘原有的神码制作技艺创造产生的。由此可以推断出“内丘神码”的历史最晚追溯至明代。但通过 2003 年挖掘出土的邢窑遗址的诸多文物与内丘神码年画中的诸多形象进行对比分析，比如，“喜神”身着唐朝服饰、怀抱琵琶的形象，与唐代跪坐弹琵琶女俑有着极高的相似性；“窑神”中的窑体形态与比例，与邢窑遗址挖掘出的窑体形态与比例基本相似。可以推断出“内丘神码”是“邢窑陶瓷”的姊妹艺术，由此“内丘神码”的起源或可推溯至隋唐时期。

二、图文互见：内丘神码的艺术传承

内丘神码是典型的起源于民间，发展于民间的艺术形式，除了其作为年画的艺术特色以外，其所承载的民间习俗、地域文化更是具有重要的价值。内丘神码中众多的神灵形象在一定程度上反映了当地生产生活活动。例如，土地是农民的重要“命根子”，所以内丘神码中有“土地”这一神灵形象；当地在明清时期棉花种植业和棉纺织业发达，因而产生了“织布机神”；由于当地有着悠久的陶瓷烧制历史，“火神”便具有重要的地位。

不仅如此，受益于内丘悠久的历史和深厚的文化底蕴，内丘神码在发展过程中也对儒释道的相关文化予以吸收，并由此产生了众多与儒释道相关的神灵形象。比方说，内丘神码中的“财神”是对道教中“文武财神”“五路财神”的吸收；内丘神码中的“家堂关公”“回马关公”属于典型的儒家人格神；内丘神码中的“地藏菩萨”则直接就是佛教中的经典形象。

伴随时代的发展以及社会的变迁，内丘神码中的一些形象开始消失，如代代相传的“七十二行”祖师神像就随着一些行业的消失而逐渐失传；但正是因为时代发展和社会变迁也产生了“拖拉机神”“机车神”“摩托车神”等一系列承载着人们全新期盼的形象。内丘神码在时代发展变迁中的“消亡”与“创造”是内丘当地民俗文化、地域文化、价值观念的综合体现和鲜活阐释。

冯骥才曾在对内丘神码的调研后说：“内丘年画是非常独特的，是无法取代的，它有它独特的价值。”并强调指出，现在对内丘年画的抢救、搜集和整理，“给内丘将整理下一笔重要的文化遗产，也是为中华民族整理下一笔重要的文化遗产”。2003年《中国木板年画集成·内丘神码卷》编纂委员会和普查抢救工作的专职队伍成立，也正是在这一年内丘县委、县政府开始地毯式、拦网式的普查搜集抢救工作。

内丘神码的图像多是简单的几何形组成，以简单的线条勾勒出神像轮廓，肢体服饰虽简略，但不失其灵韵，反而更突出了其神秘、古拙的特点。在印刷时多为四色印刷，再加上其纸张的颜色，一幅普通的内丘神码年画便有白、绿、黑、红、黄五种颜色。作为一种民间信仰的产物，内丘神码年画的神灵形象寄托了内丘人民的朴素情感，鲜艳的颜色是内丘人民对幸福安康、喜乐安定、吉祥富贵的期盼；粗犷硬朗的线条又蕴含着内丘人民对自然、神灵、天地的敬畏。寄寓着神圣与世俗的情感经由内丘神码得以统一，反映出中华民族“以和为美”的传统审美观念。

内丘神码作为民间信仰产物，在发展过程中产生了一整套约定俗成的民俗仪式。例如，在“请神”这一环节就具有极强的仪式性，所谓的“请神”就是通过一系列仪式张贴新的内丘神码。“请神”一般在腊月二十八、腊月二十九进行，在“请神”时对于“请”也就是张贴神码的顺序有严格的要求。一般要求先请各路大神，后请各路小神；“请神”先请天地，而后再请如老母奶奶、财神、关公老爷、灶爷等神位；而后再请各路小神，如喜神、门神、路神、场神、谷神等各路神灵。同时神码的方位也有相对应的要求，如，天地在院落另立的神龛之中坐北朝南，观音大士在屋内坐南朝北，财神面东，关老爷面向堂屋门口，土地面向街门门口，喜神在过道中二神相对……

与内丘神码有关的民俗祭祀活动在一年之中不间断，每逢农历初一和十五都要举行祭祀活动，这种祭祀活动很简单，烧香点灯焚纸，因此这种祭祀活动也被当地的百姓称之为“点灯”。在进行祭祀活动时，主持祭祀的家庭女性成员往往会把期盼和愿望编成朗朗上口的歌谣，在口口相传代代相授的过程中产生了一些固定的用于祭拜的诀术歌歌谣和传播民俗传说故事的叙事歌谣。

如关于“灶王”有“年年有个腊月二十三，打发灶老爷上老天。好话你多说，坏话你少言。光说儿女吃斋行善，莫说儿女刨米撒面。给你的饮马水，糖锅粘住你的嘴，也有草，也有料，拜下明年吉祥年”。关于“关公”有“关大老爷站到门当中，人善义正往家里迎，人不善义不正，手提大刀往外送。”关于“老母娘娘”有“老母奶奶保儿童，保咱阳尘路上都身强力壮，壮噔噔……孙男弟女都保好，孙男弟女和外甥（在内丘方言中外甥就是外孙）聪明伶俐往上升，时气好，运气通家大业大往上升”。这些诀术歌歌谣在一方面蕴含着劳动人民美好的期盼，另一方面也反映着“内丘神码”中各神灵形象的相关“功能”。

叙事歌谣则是一些关于内丘神码中有关神灵的传说故事。

比如，关于“南海观音”的就有“妙善公主修行”的故事，故事的梗概为：

妙庄王的三女儿妙善公主，崇尚佛教欲要修行，妙庄王不许，设下许多难关，妙善公主一一渡过后在白雀庵修行。妙庄王又火烧白雀庵，妙善公主躲过一劫。妙庄王重病，有一个和尚给出药方，但需要他女儿的一手一眼作药引，大女儿二女儿皆不愿，妙善公主不计前嫌，献出一手一眼治好了妙庄王的病，而后长出千手千眼成为菩萨。

这些歌谣由当地的“善友”群体，即长期致力于祭祀神灵并精通相关仪轨的“巫师”，所传承与演绎。在他们的专业领域内，这种叙事歌谣被称为“经”：

这三皇姑，可真是难，
这父皇给她出难题，
姑姑（那）哭得是泪涟涟。
七岁那修供上苍野，
父皇老爷他不容宽，
叫姑姑，去修炼。
给她那三道难题出在眼前。
头道题，叫姑姑，

一斗谷子一斗芝麻，

倒在了大厅翻了三番，

不等（那）天明你叫谷子和芝麻你要分全。

惊得那姑姑哭得都泪涟涟，

惊得那天盘老先生，

撒下那雀，左西右东，

给她（那）分的是清上清。

…… ……

内丘神码并不只是简单的民间美术艺术，它是一种立体的图文叙事表达。在内丘当地有一句老话叫“十里不同音，百里不同俗”，内丘神码相关的民俗文化、民间文学资源在内丘不同的村镇中或多或少有着不同的表达，这是内丘神码所具有的独特的魅力。内丘神码的传承在当地文化语境中是“活态”的，至今仍活跃在当地的民俗活动中。

三、内丘神码发展实践现状及反思

近年来，随着非物质文化遗产保护工作的开展，内丘神码年画可谓发展蓬勃，以内丘为中心，辐射至邢台县、南和县、隆尧县、巨鹿县、柏乡县等地区。内丘神码年画的制作方式也由手工制作发展为印刷。在积极探索内丘神码年画发展的同时，我们也要注意到随之而来的诸多问题，如，内丘神码年画在一片花团锦簇之下的传承“危机”。在具体实践中，随着制作方式的转换，内丘神码年画要尤为注重“语境”的留存，这就需要立足于“传承”，在传承模式、传承方法、传承途径等方面注重“大众”与“通俗”，使这一源自民间的艺术形式再度“回流”到民间，而不是置身庙堂之上，渐渐失去了年画艺术的核心功能。

后 记

本书获得河北省普通高等学校科学研究项目青年拔尖人才项目“河北歌谣的资源转化及存续力研究”（BJS2023023）资助。在写作过程中，我试图将河北歌谣置于整体性、系统性的历史文化场域内进行观照，在耙梳歌谣资料及整体把握的基础上寻找某种既定的内在逻辑与规律，为读者还原出一幅鲜活、生动的歌谣图景。

对河北歌谣的关注，应该是从我入职廊坊师范学院文学院开始的。在查阅资料时，我发现自己在读博期间很喜欢的一部动画电影《渔童》是根据民间传说改编的。搜集整理者张士杰先生是安次县立简易师范学校（廊坊师范学院前身）的毕业生，他在任教期间就开始搜集、整理义和团故事和歌谣，在中国民间文学发展史上留下了浓墨重彩的一笔。自此，我开始有意识地搜集河北民间文学资料。2021年初，中国社会科学院民族文学研究所毛巧晖研究员联系我，希望我能参与北京市文联文艺创作扶持专项资金项目“革命歌谣研究”（后更名为“民间歌谣与社会记忆（1919—1949）”），在资料搜集与整理中，我注意到对河北歌谣的研究不能忽视其与“革命”之间千丝万缕的关系，所以本书中对晋察冀边区的“歌谣”专列一节，虽然阐述尚不深入，但希望能够借此抛砖引玉，引起更多研究者的注意。2023年开始，我开始在文学院汉语言文学专业讲授《民间文学》课程，我将自己对歌谣的兴趣倾注到课程讲述中，并在2024年4月19日-21日参加由四川师范大学文学院主办的华西民俗学论坛（2024）“多学科视野下的民间歌谣与歌唱”学术研讨会，发表《从移民书写到“我们”的歌——〈东方红〉的历史演进与文化想象》专题报告。这些经历在最终的书稿中均有所体现。

本书的最后完成，首先需要感谢中国社会科学院民族文学研究所毛巧晖研究员的悉心指导，及读博期间中央民族大学中国少数民族语言文学学院钟进文教授对我的谆谆教诲。同时，扬州大学新闻与传媒学院坚斌副教授对本书的框架、体例及一些细节问题提供了富有建设性的意见；廊坊师范学院文学院2022级戏剧影视文学专业本科生韩璐熠通过田野调查，在河北省邢台市内丘县搜集到大量诀术歌和历史传说故事歌；廊坊师范学院文学院2022级戏剧影视文学专业本科生吴彤、陆萌、王征等共同参与书稿资料整理工作，在此一并感谢！

本书的最终出版离不开中国电影出版社张霞编辑的努力与推进。从20世纪80年代开始，中国电影出版社就陆续出版了《电影歌曲选》《论电影音乐》《中国电影音乐文集》等书籍，其中诸多电影歌曲与河北歌谣有着千丝万缕的血脉亲缘关系。

鉴于本人学识尚浅，书稿撰写可能存在诸多遗漏与不足，仅冀以此书稍稍推进学界对河北歌谣的关注。

张歆

2024年8月10日